An diesen wundersamen Tagen
Weihnachtserzählungen

Daniela Brotsack

An diesen wundersamen Tagen
Weihnachtserzählungen

Books on Demand, Norderstedt

Bibliografische Information der Deutschen Nationalbibliothek
Die Deutsche Nationalbibliothek verzeichnet diese
Publikation in der Deutschen Nationalbibliografie; detaillierte
bibliografische Daten sind im Internet über http://dnb.d-nb.de
abrufbar.

Impressum

ISBN: 978-3-7386-4581-1

(E-Book erhältlich unter ISBN: 978-3-7347-2785-6)

© 2014–2015 Daniela Brotsack
www.daniela-brotsack.com, Alle Rechte vorbehalten.
Satz, Layout und Bilder: Daniela Brotsack
Herstellung und Verlag: BoD – Books on Demand,
Norderstedt

Für alle Menschen, die sich den Glauben an das Gute sowie Ihre Träume noch bewahrt haben. Mögen Sie beides immer als eine Quelle der Kraft in sich fühlen.

Liebe Leserin,
lieber Leser,

Die Vor-/Weihnachtszeit war und ist für mich immer eine besondere Zeit. Zum einen ist sie die Zeit des Jahres mit den höchsten Arbeitsanforderungen, dem größtmöglichen beruflichen Druck und den meisten privaten Verpflichtungen (Chorauftritte, Weihnachtsfeiern etc.). Zum anderen verbinde ich persönlich diese Zeit mit selbst gebackenen Köstlichkeiten, Kerzenschein, unzähligen Kannen heißen Tees, gemütlichen Abenden auf der Couch, rührenden Erzählungen aus aller Welt, Liebesromanen mit Happy End und wundervoller Musik.

Es ranken sich unzählige Geschichten um Weihnachten. Manche haben den religiösen Aspekt im Vordergrund, andere die Moral oder die Liebe und wieder andere die mystische Komponente. Egal, welchen Zugang man zu Weihnachten haben mag, ich bin überzeugt, dass gerade in dieser Zeit vermehrt Dinge geschehen, die über unser Verständnis gehen.

Meine Weihnachtserzählungen sollen zum Vorlesen und Nachdenken anregen. Sie bestehen – neben der unerlässlichen Phantasie – zum Teil aus eigenen Erfahrungen und/oder den Erlebnissen von Menschen aus meinem Freunden- und Bekanntenkreis.

In einigen Fällen wurden die Namen der Protagonisten bewusst nach ihrer Bedeutung ausgewählt (siehe Namensverzeichnis am Ende).

Ich wünsche Ihnen eine wundervolle Weihnachtszeit!
Daniela Brotsack

Inhalt

Beschaulichkeit (2007)	1
Ute und die schwarze Hose (2009)	5
Engelstaub (2001)	9
Plüschi-Himmel (2001)	14
Schneekugeln (2011)	19
Das Engelein und die Weihnacht (2006)	25
Die verlorene Mütze (2000)	28
Stille Nacht (2005)	36
Der größte Wunsch (2001)	44
Der Sternritt (2009)	51
Weihnachten mit Hindernissen (2009)	57
Der Traum (2007)	62
Der Wunschzettel (2008)	67
Christmette (2011)	76
Mae, das Sternenschaf (2010)	82
Namensverzeichnis	89

Beschaulichkeit

Melanie liebte den Winter. Sie freute sich immer auf die langen, dunklen Abende, die sie gemütlich mit einem guten Buch und Kerzenschein auf der Couch verbrachte. Oder die Stunden an langen Wintertagen, die sie an ihrem Computer verbrachte, um mit ihren Freunden aus aller Welt zu korrespondieren.

Ihr fehlte ein wenig das Verständnis für die Menschen, die sich einen immerwährenden Sommer wünschten. „Die wissen ja gar nicht, wie schön Winter sein kann!", war ihr Kommentar dazu, „Schließlich kann ich mich warm anziehen, damit ich nicht friere."

Das alte Haus, in dem Melanie lebte, war das letzte des Dorfes, wenn man zum Wald hin unterwegs war. Das ganze Jahr über organisierte sie hier und dort Holz für den Winter, hackte dieses auch mal gerne selber und trug so einen stattlichen Vorrat für die kalte Jahreszeit zusammen. Ihre Wohnung war nur mit Holz oder Strom zu heizen. So konnte sie nicht an sich halten, wenn sie bei einem Waldspaziergang ein Stück Holz genau in der richtigen Größe sichtete.

Dieses wurde sofort unter einen Arm geklemmt und mitgenommen. Ihre Freunde lachten schon über ihre „Hamsterpraktiken". Manche von ihnen kamen im Sommer oft vorbei, weil ihr Balkon ein lauschiges Plätzchen war, auf dem man wundervolle Abende verbringen konnte. Andere liebten es, Melanie gerade im Winter zu besuchen, wenn nach einem ausgiebigen Spaziergang oder einer Schneeballschlacht das Holz im schwedischen Ofen prasselte.

Doch das Schönste waren die faulen Samstagnachmittage, wenn es draußen schneite und sie nach Hausarbeit und sportlicher Betätigung auf der Couch lag, immer wieder träge aus dem Fenster sah und dann wieder das Spiel der Flammen im Ofen verfolgte.

Das lodernde Schauspiel ließ sie Geschichten erfinden über Zwerge und Riesen, Feen und Hexen sowie Prinzessinnen und Prinzen. Am liebsten träumte sie dabei mit offenen Augen von „ihrem" Prinzen. So auch an jenem Nachmittag kurz vor Weihnachten „Schade, dass ich keine Prinzessin bin. So wird mich ja doch kein Traumprinz wollen", seufzte sie einmal tief und legte noch zwei Scheite Buchenholz nach.

Mitten in ihrem Wachtraum schlief sie ein und gleich darauf fand sich Melanie am höchsten Punkt eines tief verschneiten Hügels wieder. Von ihrem Aussichtspunkt blickte sie auf verschiedene Ansichten einer Landschaft. Doch als erstes entschied sie sich für einen See, auf dem sie Schlittschuhläufer sah.

Dorthin stapfte sie also durch den unberührten Schnee und es verwunderte sie gar nicht, dass es um sie herum vorher keinerlei Spuren gegeben hatte – nicht einmal von ihr selbst.

Der See war größer, als er von oben gewirkt hatte. Und die Schlittschuhläufer hatten offensichtlich viel Spaß. Als diese die einsame Person am Ufer stehen sahen, winkten sie ihr und machten Zeichen, sie solle sich ihnen anschließen.

Als Melanie den ersten Fuß auf die spiegelnde Eisfläche setzte, spürte sie die Kufen unter sich und schickte sich sofort an, in Schlangenlinien auf die anderen Eisläufer zuzufahren. Diese hießen sie in ihrer Mitte willkommen. Nach längerer Zeit auf dem Eis wurde am Ufer des Sees bei bester Laune Glühwein getrunken.

Melanie verabschiedete sich in der Dämmerung von den Schlittschuhläufern und stapfte in die Richtung, in der sie vom Hügel aus den Ort gesehen hatte. Die Ortsmitte hatte einen mittelalterlichen Charakter und war wunderschön mit Lichtern und Tannengrün geschmückt.

Ein kleiner Adventsmarkt zog Melanie magisch an. An den Ständen konnte man allerhand Dinge erwerben wie Christbaumschmuck, Krippenfiguren, Spieluhren, Punsch, heiße Maroni, warme Filzpantoffeln und vieles mehr. Sie sah sich überall um und war zufrieden, hier einer süßen Melodie zu lauschen, dort eine geschnitzte Figur zu betrachten und am Maronistand zu schnuppern. Niemand sprach sie direkt an, aber jeder lächelte Melanie zu und sie hatte ein Gefühl von Zufriedenheit.

„Wäre ich eine Katze, würde ich genau jetzt schnurren, weil ich mich so wohl fühle", dachte sie bei sich und wanderte weiter. Ihr Weg führte sie um den Hügel herum zu einem großen Haus, das hell erleuchtet seine Gäste begrüßte.

Es handelte sich um ein großes Hotel, in dem adventliche Feier statt fand, zu der jedermann willkommen war. Es gab heißen Tee und Plätzchen, ein munteres Feuer im Kamin der großen Halle und nur fröhliche Gesichter rundherum. Melanie war zwar allein unter vielen unbekannten Menschen, fühlte sich jedoch nicht einsam, sondern wunderbar mit sich und ihrer Umwelt im Einklang.

Stunden später schlief sie auf dem gemütlichen Sofa neben dem Kaminfeuer ein. Als sie wieder erwachte, fand Melanie sich in ihrer eigenen Wohnung wieder. Ihr erster Blick zum Ofen verriet ihr, dass sie sofort Holz nachlegen musste, damit das Feuer nicht erlosch. Dann erst bemerkte sie die Hitze im Raum. Verwundert sah sie sich um und ihr Blick blieb an ihrem mehrarmigen Leuchter an der Wand hängen.

Die schlanken weißen Kerzen standen nicht mehr gerade in ihren Haltern. „Das Wachs beugt sich der Wärme. Oder verbeugen sich die Kerzen vor so viel Beschaulichkeit?"

Melanie hatte immer noch dieses umfassende Gefühl des Wohlbefindens, das sie während ihrer Reise durch eine winterliche Traumlandschaft gefunden hatte. Sie trank Tee und aß Plätzchen und fragte sich im Stillen, warum sie sich nicht selbst öfter Tage wie diesen gönnte. Einfach nur zur Ruhe kommen, an kein „Muss" denken, nichts tun, sich treiben und die Seele baumeln lassen.

Ute und die schwarze Hose

Freitagabend und wieder mal ein Advents-Termin. Dorit wartete auf dem Parkplatz auf zwei Ihrer Mitsängerinnen des Chores. Beide kamen gleichzeitig an und stiegen ins schon warme Auto. „Na, gut eingesungen?" „Ich hoffe doch sehr, dass wir uns noch gemeinsam einsingen werden!" „Pah, bin ich fertig. Hatte jetzt voll den Stress zu Hause mit Kindern und so …" Ein paar Minuten nahm das Gespräch zwischen Babette und Nele seinen Lauf, bevor Babette meinte „Ich habe mich heute total dick angezogen. Letztes Mal in der Kirche habe ich so gefroren!" Wie aus einer Kehle kam es: „Wieso? Wir singen doch heute nicht in einer Kirche. Unser Chorleiter hat extra betont, dass es in dem Saal eher zu warm sein wird."

„WAS? Wir singen nicht in einer Kirche? Das meint ihr jetzt aber nicht ernst, oder?" Babette wurde hektisch, „Nein, das darf doch nicht sein. Und ich habe extra meine ganz dicken Stiefel angezogen!" Nur wenige Minuten später, sie hatte sich noch nicht beruhigt, erspähte sie die schwarze Hose von Dorit und lugte dann auch auf die Rückbank zu Nele. „Ihr seid ja schwarz angezogen …" Nele antwortete erstaunt: „Ja, natürlich. Das haben wir ja bei der letzten Probe so ausgemacht. Und außerdem stand es auch in der Mail vom Chorleiter".

„NEIN! Ich habe die Mail nur quer gelesen. Das darf doch nicht sein!" Und mit den Worten zeigte sie ihre graue Hose unter dem Mantel. „Vermaledeit, was mache ich nur? Können wir …?" „Nein, zum Umkehren ist es zu spät. Wir wollen pünktlich sein. Und außerdem steht hier schon die Alex, die wir auch noch mitnehmen." Dorit überlegte auch angestrengt. Sie hatte ja immer ein paar Klamotten im Auto. Aber eine schwarze Hose war nicht dabei. Und die Stiefel im Kofferraum waren auch eher von der warmen Sorte.

Alex setzte sich zu Nele auf die Rückbank „Hi Mädels, ich habe die Ute dabei. Kann ich die mal im Zigarettenanzünder einstecken?" Alex packte ihr Navigationsgerät aus und während sie auf der Autobahn dahinfuhren, blieb Ute ziemlich ruhig. Irgendwann vernahmen sie allerdings eine weibliche Stimme aus dem Gerät. Sie stellte sich sogar vor. Ah! Daher Ute!

Die vier Frauen unterhielten sich lebhaft über heimische Hektik, peinliche Situationen und noch so allerlei. Dazwischen meldete sich Ute wieder: „Die Position wird neu berechnet." Im Laufe der nächsten 20 Minuten war dies der einzige Satz, den Ute immer wieder zur Unterhaltung beisteuerte. „Hey, die blöde Kuh ist noch immer bei mir zu Hause!" Alex probierte immer wieder neue Kombinationen beim Navi. „Bist du sicher, dass Ute auch im Ausland funktioniert? Schließlich sind wir schon eine Weile jenseits der Grenze." Alex war inzwischen leicht genervt. „Ja, natürlich. Aber die findet uns nicht. Sie hockt immer noch am Ausgangspunkt!"

Jetzt meldete sich Babette wieder, diesmal mit einem leichten Anflug von Hysterie. „Ich brauche unbedingt eine schwarze Hose!" Kurze Zeit später standen sie auf dem Parkplatz eines Ladens, der billigst Kleidung anbot. In den etwa zehn Minuten bis zur Rückkehr Babettes von ihrem Einkauf hörten Sie wieder Utes

Lieblingsspruch. Und dann ein überraschter Aufschrei von Alex: „Sie hat uns gefunden!" „Tatsächlich? Jetzt, ungefähr zehn Kilometer vor unserem Ziel? Nach gut einer halben Stunde Fahrt? Wow, reife Leistung!"

Triumphierend strahlend kam Babette mit einer Plastiktüte zurück. „Schaut mal, zehn Euro! Mann, war die Verkäuferin unfreundlich. Ich habe gleich gesagt, dass ich eine schwarze Hose brauche – billig und schnell. Da war sie schon ganz muffig! Aber als ich die Hose dann nicht mehr ausziehen und meine graue Hose in die Tüte wollte, war's aus mit dem Rest der Sympathie. Die ist vielleicht schlecht gelaunt!"

Nur wenige Minuten später kamen die vier Sängerinnen an der Schule an, in deren Aula das Adventsingen stattfinden sollte.

Nach dem Einsingen des gesamten Chores im Sportraum besah sich Dorit belustigt die dicken Winterstiefel in der Ecke. „Hey, wo hast du denn jetzt plötzlich die Stiefeletten her?" Babette verwies auf eine andere Sängerin, die Pumps angezogen hatte. „Die sind mir zwar etwas groß, aber ich werd' schon nicht über meine Füße fallen."

Das Adventsingen verlief ohne Zwischenfälle und war ein echtes Highlight für Beteiligte wie Gäste. Neben dem Chor traten auch noch ein Barock-Quintett, eine Stubenmusi und eine Blechbläsergruppe auf. Außerdem spielten Kinder ein humoriges Krippenspiel und es wurden tolle Mundartgeschichten vorgelesen. Alles klappte wunderbar und alle Sänger waren schön schwarz gekleidet.

Nach dem Ende der Veranstaltung stand dann eine Sängerin in Strümpfen im Probenraum, weil

Babette sich noch im Saal unterhielt. Dorit näherte sich der Gruppe und unterbrach das Gespräch: „Entschuldigung, aber da ruft jemand nach seinen Reifen". Babette verabschiedete sich schnell während die anderen Gesprächsteilnehmer etwas verstört drein sahen.

Während der Veranstaltung hatte es begonnen zu schneien. Alles war schon leicht mit Schnee überzukkert. Der Abend klang noch bei einem guten Essen mit allen Beteiligten in einem Gasthaus aus. Es war ein schöner „Chorausflug" gewesen, den alle genossen hatten. Und bei der Heimfahrt hatten die vier Frauen auch wieder eine Menge zu lachen.

Engelstaub

Es war einmal eine Schachtel mit ausgestanzten Goldengeln, die unter vielen anderen Schachteln und Tüten mit Weihnachtsdeko in einem Kaufhaus eines wohlmeinenden Kunden harrte.

Schon bald würde der zweite Advent sein und die Schachtel mit den hübschen, fliegenden Engeln lag noch immer im Regal. Eines Tages kam eine alte Frau, die noch nach ein paar Kleinigkeiten für ihre heimische Advents-Dekoration suchte und sie mit nach Hause nahm.

In der kleinen Single-Wohnung wurden die Engel in die Vitrine zwischen Porzellan- und Holz-Figuren gestreut. Einige landeten auf einem weichen Tuch, das wiederum die Beine eines Kerzenleuchters und einer Schale umspielte.

In dieser Nacht geschah es, dass eine Sternschnuppe über den winterlich kalten Himmel raste und einem dieser kleinen Engelchen Leben einhauchte. Dieser sollte die Aufgabe haben, unerkannt dem Lebensende dieser einsamen Frau eine neue – gute – Wendung zu geben, quasi als Schutzengel zu fungieren.

Diese himmlische Anweisung war gar nicht so einfach auszuführen. Der kleine Engel überlegte und überlegte. Er sah sich die Wohnung an. Ein winziges Schlafzimmer, ein etwas größerer Wohnraum und eine Mini-Küche sowie ein kleines Bad gehörten dazu.

Unser kleiner Engel hatte nur eine Hilfe von oben mitbekommen: Engelstaub. Wenn ein Mensch damit in Kontakt gerät, so steigt ohne erfindlichen Grund seine

Stimmung und er fühlt sich einfach gut und sehr lebendig.

Engelstaub ist jedoch so fein, dass ihn kein Mensch je zu Gesicht bekam. Daher sind viele Leute oft so verwundert über sich selbst, wenn sie plötzlich eine Stimmungsschwankung von „zu Tode betrübt" zu „himmelhoch jauchzend" erleben. Sie wissen nicht, dass dies immer mit den Engeln in unserem Leben zu tun hat. Es gibt sogar einige Engel, die unerkannt als Menschen mitten unter uns leben. Von ihnen geht eine Ruhe und Sanftmut aus, die alle in ihrem Umkreis zu besseren und zufriedenen Wesen macht.

Unser neu ernanntes Schutzengelchen, wir nennen es der Einfachheit halber einfach Tibir Greine (was soviel wie „Sonnenquell" heißt), streute in der ersten Nacht ganz fleißig Engelstaub auf die Zahnbürste, in die Gesichtscreme und aufs Sofa.

Schon am nächsten Morgen zeigten sich erste Zeichen von Besserung bei der betagten Frau, die sonst oft an der Schönheit des Lebens zweifelte. „Was habe ich denn mit meinen weit über 70 Jahren noch vom Leben zu erwarten?" sagte sie oft zu ihrer Tochter. Etwas zu oft, denn die Tochter kam nicht mehr so häufig zu ihrer Mutter, die mit dem Leben abgeschlossen zu haben schien.

Auch die anderen Kinder und Enkel besuchten sie weit weniger als früher. Für sie war die früher vor Lebenslust sprühende Frau wie ein ausgebranntes Wrack, das nur noch auf dem Wasser dümpelte, weil der Selbsterhaltungstrieb noch nicht ganz erloschen war.

Doch an diesem Tag war sie nach dem Zähneputzen wie verwandelt. Voller Elan schlüpfte die alte Dame

Leonie in ihre feschen Sonntagskleider, schminkte sich seit langem das erste Mal und machte einen ausgiebigen Spaziergang im Park. Bei ihrer Runde kam sie an einem entzückenden Weihnachtsmarkt vorbei, in dem sie gleich ein paar Geschenke für die Familie kaufte.

Und sie dachte zu sich selbst „sonst sind die Leute immer so muffig, doch heute strahlt ein jeder, den ich treffe" und konnte es sich nicht erklären. Doch es lag alles nur an ihrem eigenen Strahlen, so von innen heraus. Alle Menschen sahen in ihr eine gutaussehende und zufriedene ältere Frau und freuten sich mit ihr.

Leonie ging wieder nach Hause, packte die eben gekauften Dinge mit viel Liebe ein und versah sie noch mit Anhängern und den jeweiligen Namen des zu Beschenkenden. Nebenbei gab die Stereoanlage in der Ecke ihre Lieblingslieder aus glücklicheren Jahren zu Besten. Sie versank dabei nicht wie sonst in Traurigkeit, sondern freute sich an den überwältigend schönen Erinnerungen.

In dieser Stimmung ging Leonie später auch noch ans Telefon und rief ihre älteste Enkelin an, mit der sie immer ein besonders inniges Verhältnis gehabt hatte. Diese erklärte sich sofort einverstanden, die Großfamilie am Weihnachtsabend einzuladen. Leonie wollte kochen. „Die Aussicht auf Deine Kochkünste wird alle ohne Ausnahme an meinen großen Tisch locken, Omi." Denn die Großmutter war als phantastische Köchin bekannt.

Als Leonie einige Tage später – immer noch in bester Stimmung – vom Einkaufen nach Hause kam, schaffte es Tibir Greine nicht mehr an ihren angestammten Platz zurück und blieb am Boden des Schlafzimmers liegen.

Nun packte aber Leonie die Putzwut. Sie fegte wie ein Wirbelsturm mit dem Staubsauger durch die Wohnung. Dabei saugte sie mit einem feinen Klirren auch den Engel mit ein. Dieser saß nun inmitten des ganzen Staubs und Drecks im Beutel des Elektrogeräts und musste ständig niesen.

Das himmlische Wesen hatte allerdings Glück im Unglück – und mit ihr Leonie. Der Beutel war nämlich zwei Tage später voll und musste ausgewechselt werden. Als er achtlos im Abfall versank, konnte sich das Engelchen aus dem Loch befreien und fand auch den Weg aus dem Küchenschrank. „Ist das ein mühseliges Dasein manchmal" schimpfte es gutmütig.

So kam der Weihnachtstag heran. Eine völlig verwandelte Leonie stand vor dem Spiegel und begutachtete sich kritisch. Sie war zufrieden mit sich und ihrer Erscheinung.

Die Enkelin war erstaunt. „Omi, so toll hast Du schon seit 15 Jahren nicht mehr ausgesehen. Es freut mich, dass es Dir anscheinend so gut geht." Natürlich war Leonie trotz ihrer Wandlung etwas schrullig – aber welcher Mensch hat keine Macken.

Und nach dem sagenhaften Menü saß die ganze Familie bei Punsch und Plätzchen unter dem Weihnachtsbaum und Leonie las Geschichten für Groß und Klein vor. Und jeder, der das Buch berührte, verspürte von einer Sekunde auf die andere ein nie gekanntes Wohlempfinden.

Leonie wurde in der darauf folgenden Zeit wieder öfter von den Mitgliedern ihrer Familie eingeladen oder besucht. Sie war wieder zu einem Menschen geworden, der Liebe, Gelassenheit, Lebensfreude und ein bisschen Selbstironie verstrahlte. Und dies alles bekam sie übermäßig zurück von allen Seiten.

Sie war glücklich und lebte noch lange an der Seite ihres persönlichen Schutzengelchens, von dem sie nie erfuhr, dass es dieses gab. Tibir Greine wurde auch nie wieder in die Schachtel mit der Weihnachtsdeko verpackt. Sie lebte fortan in der Ecke hinter der Stereoanlage und streute beim ersten Anzeichen von Verzweiflung oder Not Engelstaub in der Wohnung.

Plüschi-Himmel

Um die Weihnachtszeit passieren die wunderlichsten Dinge. Kinder werden in Erwartung vieler Geschenke plötzlich ganz brav, obwohl sie sonst wahre Ungeheuer sind. Erwachsene gebärden sich wie Kinder, wenn die ersten Schneeflocken die Erde berühren und gestandene Geschäftsleute wagen sich an eine Schneeballschlacht. Ich könnte noch sehr viel mehr in dieser Richtung erzählen. Aber darum geht es eigentlich nicht wirklich.

Es gibt eine Sache, die kaum bekannt ist, aber doch für manches Seelenheil sehr wichtig ist. Denn in den Weihnachtstagen wird von uns Engeln oft ganz normalen Plüschtieren für ein paar Stunden Leben eingehaucht und sie haben sogar die Möglichkeit, in den Plüschtier-Himmel zu kommen. Das hängt allerdings oft von den Besitzern ab.

Entschuldige, ich habe mich noch gar nicht vorgestellt: ich bin Wächterin im Plüschi-Himmel und mein Name ist Salome. Das heißt so viel wie die Friedliche, Liebende. Nun aber zu den beiden Schicksalen, die ich erzählen will:

Ein kleiner Junge hatte zum Geburtstag einen Plüschlöwen von seinen Eltern bekommen. Der Löwe hatte eine liegende Stellung und eine beeindruckende Mähne. In der Phantasie seines kleinen Besitzers Martin brüllte Simba furchterregend und konnte so alle Feinde vertreiben. Die beiden Freunde erlebten ziemlich viele Abenteuer miteinander.

Doch Simba vertrug es nicht, ständig herumgetragen und geherzt zu werden. Sein Fell wurde schütter und langsam ging die Naht an seinem Rücken auf. Natürlich liebte ihn Martin deshalb nicht minder. Aber dessen Vater war er doch schon ein Dorn im Auge.

Nun machte die Familie einmal einen Waldspaziergang, bei dem auch Simba dabei war. Irgendwann während des Herbstspaziergangs verlor der Junge das Plüschtier hinter einem Busch. Als Martin bemerkte, dass sein Freund weg war, war es schon zu spät. Simba blieb verschwunden. Um seinen Sohn nicht stundenlang heulen zu sehen, erklärte der Vater das Verschwinden aus Simbas Sicht. „Weißt Du, Junge, Simba war bei uns immer eingesperrt. Du musst doch verstehen, dass er einmal im Wald jagen will. Nun ist er halt weggelaufen, ohne uns vorher Bescheid zu geben. Vielleicht kommt er ja wieder zu Dir zurück."

Martin war schon etwas getröstet, aber nicht richtig überzeugt. „Ich glaube nicht, dass Simba das machen würde – einfach stiften gehen." Die Familie ging nach Hause und schon bald nahm ein anderes Plüschtier Simbas Platz ein.

Unterdessen wurde der unglückliche Löwe von einem Jogger gefunden. Der nahm ihn mit und legte ihn in einen kleinen Stallanbau auf einen Stapel Feuerholz am Rand des Forstes. Dort wurde er wiederum gefunden und bedauert von einigen Mitgliedern des Reitvereins, der dort einige Zeit später seine Weihnachtsfeier ausrichtete.

Am Abend der Feier traf Simba nochmals ein schwerer Schlag. Er wurde vollkommen bedeckt mit großen Prügeln Feuerholz. Aber wiederum hatte er Glück im Unglück. Der Grobian, der ihm das angetan hatte, wurde entdeckt und ausgeschimpft. Da dieser ohne böse Absicht gehandelt hatte, suchte er fieberhaft nach dem Löwen und setzte ihn sanft oben auf den Stapel – ganz an der Mauer, damit ihm nichts weiter geschehen sollte.

Eine Woche später war Simba völlig eingeschneit und beinahe nicht mehr hinter dem Holz zu erkennen. Für einen Fototermin, der seine Wildheit herausstellen sollte, wurde er vom Schnee befreit und bekam einen schöneren Platz auf ein paar Planken.

Einige Tage darauf war Weihnachten. Ich bekam den Auftrag, Simba ein paar wenige Stunden zu einem richtigen (wenn auch völlig zahmen) Löwen zu machen. Ausgelassen tollte er herum und stürmte durch den Schnee. Er schreckte ein paar Hasen auf und wollte mit ihnen spielen.

Es war wunderbar, ihm zuzusehen in seiner Fröhlichkeit. Seine Plüschi-Seele trug ich in den Himmel, als er völlig erschöpft zu meinen Füßen einschlief. Dort oben erhielt Simba ein nagelneues Äußeres, während sein altes Plüschgewand weiter auf einem Stapel Holz verrottete.

Doch dieses himmlische Schicksal konnte er nur erleben, weil er geliebt und bewundert wurde. Vor allem von seinem Besitzer Martin, der immer noch um seinen plüschigen Freund trauert.

Ein kleines Mädchen war mit seinen Eltern und älteren Geschwistern über die Weihnachtstage zu den Großeltern gefahren. Dort wurde die Bescherung unter einem herrlich geschmückten Weihnachtsbaum gefeiert. Unter ihm saß unter anderem ein kuscheliger Teddybär mit einer roten Schleife. Dieser Teddy wurde von seiner neuen Besitzerin den ganzen Abend geherzt und gedrückt. Das Mädchen war ganz selig, ihren Brummi zu haben.

Zwei Tage später fuhr die Familie wieder zurück nach Hause. Es schneite schon den ganzen Tag und die Fahrt war mühsam und mit Staus auf den Fernstraßen verbunden. Irgendwo auf der Autobahn mussten die Kinder auf die Toilette. Das Mädchen schlüpfte aus dem Auto und bemerkte nicht, dass es mit ihrer Jacke den lieben Brummi aus dem Auto zog.

So kam es, dass der Teddy erst einmal im Matsch neben dem Auto landete. Was ja nicht weiter schlimm gewesen wäre, weil das Mädchen ja bald wieder kam und ihn gefunden hätte. Aber überall gibt es ein paar garstige Kinder. So auch auf diesem Rastplatz. Ein Junge ging zu Brummi und gab ihm einen harten Stoß mit seinem Stiefel, so dass der Plüschi in hohem Bogen im Gebüsch landete.

Kurze Zeit später fuhr die Familie weiter. Brummis Fehlen wurde erst bemerkt, als das Auto im nächsten Stau steckte und an ein Umkehren nicht mehr zu denken war. So wurden heiße Tränen vergossen um den Verlust des Schmusebären.

Inzwischen wurde Brummi von einem älteren Herrn gefunden, der Mitleid mit ihm und dem kleinen Besitzer hatte und deshalb den Teddy auf eine am Parkplatz stehende Mülltonne setzte. So konnte er gut gesehen werden und würde vielleicht wieder zu seinem Besitzer zurückkehren.

Am späten Abend – es ging schon auf Mitternacht zu, parkte vor diesen Mülltonnen ein Auto mit einer einzelnen Person. Diese ging kurz in den Laden neben den Tankstellen und kam schon nach wenigen Minuten wieder zurück. Als die Scheinwerfer des Wagens die Szenerie vor ihm beleuchteten, wurde auch Brummi davon erfasst. Einen Augenblick später wurde ein Wunsch zu mir herauf gesandt. Der Fahrer des Wagens meinte, ich solle doch Mitleid haben und Brummi in den Plüschi-Himmel aufnehmen.

Da es eine eiskalte Nacht war und Brummi kein Bedürfnis nach mehr Abenteuer hatte, machte ich dies sofort. Schließlich war auch die Besitzerin immer noch untröstlich. So sitzt nun zwar Brummis Hülle immer noch irgendwo bei den Aschentonnen, aber er selbst hat es bei mir hier oben wunderschön warm und kuschelig.

Das waren nun die beiden Plüschi-Schicksale, die mir dieses Jahr zu Weihnachten zu Herzen gingen und die ich Dir erzählen wollte.

Wenn Du nun selbst ein liebes Plüschtier hast, dann kann es eines Tages sein – wenn Du sehr darum bittest – dass die Seele dieses Tierchens auch zu mir in den Plüschi-Himmel geholt wird.

Schneekugeln

Jedermann kennt Schneekugeln bzw. Schneegläser. Es gibt große und kleine, ovale und runde. Sie sind aus Plastik oder sogar Glas, haben schmale oder breite Podeste in allen Farben. Obwohl es auch andere – meist touristische – Themen gibt, sind die meisten Schneekugeln bestückt mit weihnachtlichen Motiven, die sich sehr unterscheiden. Da gibt es Nikoläuse, Weihnachtsmänner, Engel, die Heilige Familie, Christbäume, Carolsinger, Kirchen, Tiere, ... die Liste könnte man unendlich erweitern. Und die künstlerische Darstellung variiert von kitschig zu wunderschön. Bei manchen schneit es dick und langsam, bei anderen wieder dünn und schnell, wie Schneeregen, manche haben Goldflitter oder was auch immer es sonst noch gibt.

In einem Haushalt gab es schon seit vielen Jahren zwei Schneekugeln. Die eine hatte eine Kuppelform und saß auf einem schmalen Plastikunterteil. In dieser Schneekugel saß ein süßer Engel mit Lockenkopf. Der angedeutete Hügel unter ihm und das Engelchen selbst waren über und über golden. Der „Schnee", der ihn nach dem Schütteln seines Glases kurzzeitig völlig verschluckte, war feiner Flitter, der wie Gold, Silber oder Blau glitzerte. Nur sehr langsam setzte sich dieser Flitter wieder am Boden der Kugel ab und gab scheinbar widerstrebend den Engel frei, der neugierig seine Umgebung betrachtete.

Die zweite Kugel war wirklich kugelrund und saß auf einem breiten, schön geschwungenen Podest. Auch darin gab es einen angedeuteten Hügel, worauf ein kleiner Junge auf seinem Schlitten saß, fertig damit loszusausen. Er hatte einen grünen Schneeanzug an, dicke Stiefel, Handschuhe, einen Schal und eine passende Mütze mit Pelzrand und Bommel. Begleitet wurde der Junge von einem kleinen weißen Hund, der augenscheinlich genauso viel Spaß an der weißen Pracht hatte, wie sein menschlicher Freund. In dieser Kugel herrschte manchmal ein dichtes Schneegestöber, das allerdings nicht lange anhielt.

Engel und Junge waren wirklich schon lange beim gleichen Besitzer. Sie waren schon mehrmals umgezogen und verbrachten die Advents- und Weihnachtszeit mal auf diesem Möbelstück, mal auf jenem, oder auf der Fensterbank. So kam es auch, dass die beiden, wenn sie Ende November oder Anfang Dezember aus ihrer Schachtel im Dachboden geholt wurden, nie wussten, wo sie dieses Jahr landen würden.

Wenn die beiden sich sahen, zwinkerten sie sich manchmal zu oder riefen ein stummes „Hallo". Sie verstanden sich perfekt ohne Worte, denn sie waren ja keine Menschen, welche sich oft nicht einmal in Gesprächen verstehen. Beide hatten so ihre Träume und Wünsche. Niklas, der Junge, wünschte sich, einmal eine richtig lange Schlittenbahn befahren zu dürfen. Angelus dagegen wünschte sich, einmal zu fliegen. Doch Jahr für Jahr verging die Zeit und es passierte einfach nichts.

Bis zu dem Jahr, in dem der Heilige Abend auf einen Samstag fiel. In diesem Jahr war alles anders. Na ja, alles wäre jetzt doch übertrieben. Bis zu dem besagten Abend war alles wie üblich. Die Sommermonate verbrachten die Schneekugeln auf dem Dachboden. Angelus musste Niklas immer wieder die Sommersonne und die Farben des Himmels und der Wiesen beschreiben, die er in einem Jahr hatte erleben dürfen, da er länger als die übrigen Weihnachtsdekorationen an seinem Platz verweilen hatte dürfen. Auch die Kühe, die vielen Fliegen, Schmetterlinge und den Gesang der Vögel ließ er nicht aus. Und als sie an einem Tag im November wieder der düsteren Sommerresidenz entnommen wurden, vergingen die Tage gleichmäßig. Meist war niemand zu Hause.

Und wenn, dann nur kurz und in Eile. Sie hörten mehrere Telefongespräche, in denen es immer wieder um Zeitmangel, um den Stress in der Arbeit ging, dass einfach nie Zeit für die schönen Dinge des Lebens blieben. Dann sahen sie Stapel von Geschenken und Weihnachtspost und wurden immer unruhiger. Der Heilige Abend nahte. Der sicherste Hinweis auf das direkte Bevorstehen des Tages, der Christbaum, wurde geschmückt.

Und dann war es soweit. Die Lichter des Christbaums brannten schon, als es gerade mal dunkel wurde. Die Stereoanlage gab Weihnachtslieder aller Stilrichtungen von sich und auf dem Tisch stand eine dampfende Kanne eines aromatischen Getränks. Angelus wurde immer unruhiger. Er fühlte, dass in der folgenden Nacht etwas passieren würde.

Als die Wohnung am späten Abend wieder ruhig wurde, da die Bewohner zur Mitternachtsmette aufgebrochen waren, bemerkte Angelus plötzlich, dass keine Glaskugel mehr um ihn war. Ihn umgab die Tannen- und Plätzchenduft getränkte Luft des Zimmers.

Seine Aufregung wurde immer stärker und er begann, mit den Flügeln zu flattern. Und plötzlich hatte er keinen Boden mehr unter den Füßen und er schwebte tatsächlich durch's Zimmer. Vor Begeisterung lachte und weinte er gleichzeitig.

Dann fiel sein Blick aus dem Fenster. Die Szenerie draußen wurde beleuchtet von einem unnatürlich hell leuchtenden Mond. Vor dem Haus türmte sich ein mächtiger Schneeberg, zusammengeschoben von den Räumfahrzeugen.

Das Fenster öffnete sich vor dem goldenen Engel und dieser schwebte hinaus, auf den Schneeberg zu. Niklas mühte sich gerade wieder ab, seinen Schlitten auf den Berg zu ziehen. Und sein Hund hüpfte Schwanz wedelnd neben ihm her.

„Hast du noch Platz auf deinem Schlitten? Wenn du mich mitnimmst, dann kümmere ich mich darum, dass der Schlitten wieder schnell oben ist." Niklas lachte Angelus an. „Na klar, komm einfach mit. Das macht riesigen Spaß!"

Und wirklich, die beiden fuhren mit dem Schlitten nach unten, dann flogen und gingen sie wieder bergauf. Und so ging das eine ganze Weile. Bis ihnen die Kraft ausging und alle drei müde wurden. Sie kuschelten sich zusammen und schliefen glücklich ein.

Als die Sonne am ersten Weihnachtsfeiertag aufging, saßen Angelus, Niklas und der Hund wieder in ihren Schneekugeln, als wenn es nie anders gewesen wäre. Angelus grollte anfangs und schimpfte auf den Himmel, dass das unfair wäre. Gerade war er doch so glücklich ...

Doch dann hatte er eine fremde Stimme im Kopf. „Schau, mein kleiner Angelus, du hattest einen großen

Wunsch. Dein eigentlich völlig unmöglicher Wunsch wurde dir letzte Nacht erfüllt und du warst so glücklich, dass du gedacht hast, dir müsste das Herz zerspringen. Nun hast du eine wundervolle Erinnerung, die du hegen und pflegen kannst, solange deine Tage auf dieser Welt andauern.

Dein Freund Niklas ist in derselben Lage, wie du. Auch ihm wurde sein größter Wunsch erfüllt und nun sitzt er wieder in der Schneekugel. Aber er hat immer noch dieses Lächeln im Gesicht, das er beim Einschlafen hatte.

Es gibt viele Menschen auf dieser Welt, die weit realistischere Wünsche haben, als ihr beide hattet. Und sie warten ein Leben lang auf die Erfüllung ihrer Wünsche, ohne dass sie diesem Ziel je nahe kommen. Sie haben keine solch glücklichen Erinnerungen, wie ihr und hadern auch nicht unaufhörlich mit ihrem Schicksal."

Angelus dachte nach. Ja, die Stimme hatte Recht. Er war schließlich als Schneekugelfigur geschaffen worden. Der Plan hatte nie vorgesehen, dass er jemals fliegen würde, oder dass sein Freund Niklas auf einem richtigen Schneeberg Schlitten fahren würde. Es dauerte zwar noch eine Weile, doch am Ende war Angelus zufrieden und freute sich seines normalen Alltags. Er wurde von seinen Besitzern Wert geschätzt und sogar manchmal direkt angesprochen. Niklas und er saßen in einer angenehmen Umgebung, hatten einen herrlichen Christbaum vor Augen, erfreuten sich an der schönen Weihnachtsmusik und den oft interessanten Gesprächen im Weihnachtszimmer und waren schließlich im Frieden mit der Welt und ihrem kleinen Glück.

Immerhin hatten sie eine wundervolle gemeinsame Erinnerung, über die sie sich die nächsten Jahre immer wieder freuen konnten. Und ihr freundschaftliches Zwinkern war viel herzlicher geworden. Denn sie waren jetzt richtige Freunde.

Das Engelein und die Weihnacht

Eines schönen Wintertags – die Helligkeit verschwand nach und nach – stahl sich eines der Engelein vom Himmel fort. Es wollte unbedingt in die festlich erleuchteten Fenster der Menschenhäuser sehen. Denn es war Adventszeit und das Engelein hatte schon so viel schönes darüber gehört.

Im Sturzflug raste es gen Erde und stieß prompt mit einem Uhu zusammen, der gerade zur Jagd auszog, „Potzblitz, kannst Du nicht aufpassen?" schimpfte der gefiederte Geselle, bevor diesem die Sinne schwanden.

Beide trudelten zwischen den Bäumen nach unten und landeten in einer Schneewehe. Trotz der abgefederten Landung spürte das Engelein, es hieß Flock, einen Schmerz im linken Flügel. „Oh weh, ich glaube, ich habe mir einen Flügel angebrochen." Es machte ein paar Versuche, zu flattern. „Das tut zu weh. Ich kann nicht fliegen."

Die Uhu-Dame war inzwischen wieder auf den Beinen. „Das hätte nicht sein müssen. Man muss jederzeit damit rechnen, dass andere auch unterwegs sind. Also: Augen auf im Flugverkehr!" Sie schimpfte aber nur kurz mit Flock und besah sich dann seinen Flügel.

„Sieht nicht gut aus. Komm mit. Du kannst ja noch laufen. Ich fliege vor." Und so bahnte sich das ungleiche Paar einen Weg durch den verschneiten Wald.

Eine kleine Höhle war ihr Ziel - das Wald-Lazarett. Hierher kamen alle verletzten Tiere. Flock sah ein Reh, einen Dachs, ein Eichkätzchen, einen Fuchs und zahlreiche Vögel verschiedenster Gattungen.

Versorgt wurden alle von einem Engel. „Das ist Hildegard. Sie pflegt alle kranken Tiere des Waldes. Egal, welche Gattung, alle finden sie hier Unterschlupf. Es ist bei Todesstrafe verboten, sich hier gegenseitig anzugreifen. Daher kommt es auch, dass das Reh ganz ruhig neben der Füchsin liegt. Bis gestern hatten wir auch einen Wolf hier. Aber den haben wir heute entlassen."

Flocks Flügel wurde von Hildegard untersucht. „Flugunfähig bis auf weiteres" hieß die Diagnose. Aber der Verletzte Himmelsbewohner half Hildegard. Gehen konnte er ja und untätig herumsitzen ist für einen Engel nichts.

Er ließ sich von den Tieren deren Erlebnisse mit Menschen erzählen. Die Füchsin wusste sogar über die Weihnachtszeit Bescheid. „An einem bestimmten Abend im Winter gehen alle Menschen in die Kirchen. Alles ist festlich beleuchtet und geschmückt. Die Menschen singen Lieder und sind ganz friedlich. An den beiden folgenden Tagen müssen wir keinen Jäger fürchten. Ein alter Kauz bestätigte die Geschichte. „Ja, das sind die einzigen wirklich friedlichen Tage im Jahr. Der Kirchen-Abend kommt bald. Wenn Du dann noch hier bist, kannst du es selbst beobachten."

Flocks Flügel wurde bald besser. Hildegard meinte, in ein paar Tagen wäre er wieder flugfähig. Am Heiligen Abend waren die meisten Tiere wieder fit und beschlossen, gemeinsam zum nächsten Ort zu gehen. Das Rehlein nahm das Eichhörnchen auf seinen Rücken und die Füchsin und der Dachs hatten je eine Maus als

Reiterin. Ein paar der Vögel konnten selbst fliegen, und den Rest trugen Hildegard und Flock.

So zog die eigenartige Prozession los. In Kirchen-Nähe beobachteten die Tiere die Menschen. Während der Messe kamen sie näher und lauschten den schönen Gesängen.

Auch nach der Messe waren die beiden Engel mit den Tieren noch lange unterwegs. Sie entdeckten in den Stuben der Häuser geschmückte Tannenbäume und Lichter. Sie sahen Geschenke unter den Bäumen liegen und alles gefiel ihnen wunderbar.

In derselben Nacht noch machte sich Flock wieder auf den Rückweg in den Himmel. Es hatte ihm sehr gut gefallen auf der Erde und vor allem die Vögel wollte er bald wieder besuchen.

Am nächsten Morgen war der Pfarrer ganz erstaunt, als er die verschiedenen Fährten vor seiner Kirche sah. Er war sicher: Dies war eine heilige Nacht, in der sogar die Tiere friedlich zusammen lebten.

Die verlorene Mütze

Robert ist ein leidlich braves Kind, wie es die meisten sind. Zu Weihnachten ist seine Wunschliste unendlich lange. Sobald er den Brief an den Weihnachtsmann fertig geschrieben und zugeklebt hat, fallen ihm schon wieder tausend neue Sachen ein, die er gerne haben würde.

Wie von Mama empfohlen, wird der Brief auf das äußere Brett des Küchenfensters gelegt und hinter die geschlossene Scheibe ein kleines Licht aufgestellt. „So findet das Briefenglein gleich die Stelle, an der es deinen Brief an das Christkind abholen kann", hat sie ihm erklärt.

Der letzte Schultag war vorgestern gewesen und schon auf dem Nachhauseweg hatte es angefangen zu schneien. Ganz dicke Flocken waren vom Himmel gefallen. Robert war oft stehengeblieben. Mit geschlossenen Augen und offenem Mund fing er die Flocken auf und ließ sie auf der Zunge schmelzen. Dieses Ritual vermittelte ihm ein wunderbar schwereloses Gefühl. Dabei dachte er, dass das Briefenglein sicher seine Liste schon im Himmel vorgetragen hatte. Natürlich konnte Robert nicht erwarten, alles zu bekommen, was darauf stand. Aber er hoffte auf eine Playmobil-Burg und das neueste Game Boy-Spiel. Das musste einfach unter dem Weihnachtsbaum liegen. Und außerdem eine neue Baseball-Kappe mit dem Schriftzug seines Lieblingsteams und einen Eishockeyschläger und, ...

Einige Tage später ist der heilige Abend. Schon seit dem Vortag darf Robert nicht mehr ins Wohnzimmer, was ihm einfach schrecklich vorkommt, da gerade an diesem Tag auf allen Fernsehsendern unzählige schöne Kindersendungen übertragen werden. Aber Mama sagt, der Christbaum stünde schon fertig geschmückt in seiner angestammten Ecke und warte bereits auf die Ankunft des Christkinds mitsamt Geschenken. Und es wäre doch schade, wenn sich Robert selbst um die Freude bringen würde, den Baum in seinem ganzen Glanze das erste Mal zu sehen. Sie kann ihn damit trösten, dass sie nur für ihn den Videorecorder programmiert hat, um die schönsten Filme aufzuzeichnen.

„Komm Robert, wir sehen, ob Deine Freunde Max, Lisa und Melli mit ihren Eltern Zeit für eine richtig große Schneeballschlacht haben." Mama und Papa stehen schon mit Jacken und Mützen in der Hand an der Haustüre. „Au ja, das machen wir!" Sofort ist der kleine Junge Feuer und Flamme. Eine Schneeballschlacht ist immer eine große Sache. Vor allem, wenn die großen auch alle mitmachen. Da wird es für ihn erst richtig lustig. Er kann seiner Mama einen Schneeball in den Rücken oder Papa einen an die Brust werfen, ohne geschimpft zu werden.

Bevor sie gehen können, gibt es noch einen kleinen Disput zwischen den Eltern. Mama gefällt die olle Pelzkappe von Papa nicht. „Sie ist schon fast so alt wie du selbst und außerdem hoffnungslos altmodisch. Kauf dir bitte eine andere!" Papa liebt aber seine Kappe. Mit trotziger Miene setzt er sich das alte Stück auf den Kopf und tritt ins Freie. Alle sind dick eingemummelt gegen die Kälte des Dezembertags. Noch die Handschuhe übergestreift und los geht's.

Während des kurzen Weges zu den Freunden begegnen ihnen viele Menschen, die schon von weitem freundlich grüßen. Robert ist stolz darauf, dass alle seinen Papa kennen und mögen. Er ist schließlich der beste Hausarzt des Ortes.

Glücklicherweise – oder haben das die Eltern vielleicht sogar geplant? - sind die Freunde zu Hause. Schnell sind alle schlachtfertig angezogen. Melli fällt am besten auf in ihrem knallig gelben Anorak. Ganz hinten in der Sackgasse ist eine große Fläche. Sie wird abgeteilt in zwei Spielfelder, die Spieler in zwei Gruppen geteilt und schon beginnt die Schneeballschlacht.

Es wird scharf geschossen und alle Beteiligten bekommen rote Wangen vor Aufregung. Anfangs sind Roberts Eltern in der gegnerischen Mannschaft. Sie bekommen einige Bälle von ihrem Sohn ab, der für sein Alter ein guter Schneeballschütze ist. Dann wird durchgewechselt und Mama kommt zusammen mit ihm in eine Mannschaft.

Sie zwinkert ihrem Sohn zu, „jetzt zeigen wir Papa mal, was wir können, was?" und zielt direkt auf dessen Hinterteil. Hart getroffen dreht dieser sich um und wirft seinerseits auf Mama, die jedoch geschickt ausweicht. Nun hagelt es wieder Angriffe von allen Seiten. Nach ein paar Minuten nimmt Mama wieder Papa ins Visier und trifft seine Kappe.

Diese fällt ihm vom Kopf und über die Gartenmauer direkt hinter ihm. Rudi ist sicher, dass Mama genau das beabsichtigt hat und lacht in sich hinein. Sie muss einfach immer recht haben, denkt er.

Nach dem Spiel, als sich die ganze Gemeinschaft auflöst, geht Papa zur Gartentür und drückt die Klingel zum Haus. Es gehört einer etwas merkwürdigen jungen Frau, die man selten sieht und einen ebenso merkwürdigen großen Hund und einen kleinen verschlossenen Jungen ihr eigen nennt, weshalb Papa nicht einfach über die Mauer steigt. Aber es öffnet niemand. Anscheinend ist die Frau nicht zu Hause. „Na gut", meint Papa, „dann probieren wir's eben vor der Kindermette noch einmal. Wir gehen sowieso die kleine Abkürzung neben der Gartenmauer zur Kirche."

Also gehen die drei erst einmal nach Hause, um sich mit heißer Schokolade und Plätzchen den Rest des Nachmittags gemütlich zu machen. Bald ist es soweit. Die Kirchenglocken läuten und die Familie zieht sich an für den abendlichen Kirchgang.

Als sie jedoch wieder vor dem Haus der jungen Dame stehen, um zu klingeln, hören sie etwas Sonderbares. Es hört sich an, als ob ein Wolf den Mond anheulen würde. Als Mama den Klingelknopf drückt, ändert sich der Ton. Plötzlich wird ein wildes und hysterisches Kläffen daraus. Es kommt von einem entfernten Winkel des Hauses näher bis zur Eingangstüre. Im Hintergrund glauben sie, ein Kind weinen und schluchzen zu hören. Aber niemand öffnet ihnen.

„Der Hund ist im Haus. Ich steige jetzt über die Mauer und hole meine Mütze." sagt Papa. Doch so schnell kommt er damit bei Mama nicht durch. „Hörst du denn nicht das Gejaule des Hundes? Es hört sich sehr dringlich an. Versuch doch einmal, in ein Fenster zu schauen. Vielleicht ist mit der Frau und ihrem Jungen etwas nicht in Ordnung und sie brauchen Hilfe."

Mürrisch stapft Papa, der inzwischen schon auf der anderen Seite der Mauer steht, davon. Nach kurzer Zeit kommt er wieder. Diesmal im Laufschritt, als ob der Teufel höchstpersönlich hinter ihm her wäre.

„Ich brauche ein Telefon"; ohne anzuhalten, stürzt er an den verdutzten Zaungästen vorbei zum nächsten Haus, um dort Sturm zu klingeln. Ein Mann öffnet ihm und lässt ihn nach einer kurzen Erklärung sofort telefonieren.

Papa saust darauf wieder zurück zu Mama und Robert. Mit einem „Kommt mit!" hebt er den verdutzten Jungen über die Mauer und hilft auch Mama darüber. „Die Hebamme wird sofort hier sein." Und schon hält ein Auto vor dem Gartentor. Eine Frau mit einem Köfferchen steigt aus. Sie reicht ihre Last über die Mauer und steigt selbst gewandt hinterher. Papa führt die kleine Schar um das Haus zur Terrassentüre. Diese steht einen Spalt offen und dahinter sieht Robert einen sehr blassen Jungen mit einem verängstigten Hund stehen.

Als der Junge Papa sieht, stiehlt sich ein zaghaftes Lächeln in das kleine Gesichtchen. Der Arzt schreitet durch die Tür und schlägt, gefolgt von der Hebamme, den Weg zum Schlafzimmer ein.

Mama hält Robert zurück, der den zweien folgen will. „Die brauchen uns jetzt nicht. Wichtiger ist, dass wir beide uns um den Jungen kümmern." Sie lotst den fremden Jungen, der sich unter viel unverständlichen Schluchzern als Peter vorstellt, zur Couch und setzt sich neben ihn, um ihn zu beruhigen. „Du brauchst keine Angst zu haben. Es dauert nicht mehr lange, und du hast ein Geschwisterchen." Er wimmert trotzdem weiter „Sie sagte, ich soll die Tür nicht öffnen. Sie wollte, dass ich bei ihr bleibe."

Der Hund weiß anfangs nicht, wie er sich verhalten soll. Er wird von Robert gekrault und entspannt sich dadurch schnell. Er weiß, dass diese Menschen keine Bedrohung sind.

Nach einigen Minuten fasst auch Peter Zutrauen zu Roberts Mama. Er setzt sich auf ihren Schoß und lässt sich umarmen, was eine wahre Flut von Tränen in ihm auslöst. Beruhigend streicht sie ihm über das Haar. Langsam versiegen Peters Tränen und keine Schluchzer schütteln mehr seine kleine Gestalt. Er schläft sogar kurz in Mamas Armen ein.

Nach einer bangen halben Stunde hören die drei - Verzeihung: vier, denn der Hund spitzt auch seine Ohren – ein Kind schreien. Kurze Zeit später steht Roberts Papa zerzaust in der Tür und verkündet mit einer glücklichen Miene: „Du hast ein Brüderchen, Peter. Und deiner Mama geht es sehr gut."

Sie und das Kind fahren mit mir jetzt ins Krankenhaus, um die nächsten Tage gut versorgt zu sein. Sie will, dass du mit meiner Frau und Robert nach Hause gehst und richtig schön Weihnachten feierst."

Peter ist einverstanden, will aber zuerst noch seine Mama und das Brüderchen sehen. Glücklich steht er dann vor dem Bett und umarmt seine Mama, um die er so viel Angst gehabt hatte. Leise betreten auch Robert und die Frau des Arztes das Schlafzimmer. „Siehst du, Robert, so hilflos und klein hat auch Jesus in seiner Krippe in Bethlehem ausgesehen." Peter geht mit Robert, dessen Mama und seinem Hund in ihr Haus am Ende der Straße, in dem schon ein wunderschöner Christbaum wartet. Die weihnachtliche Messe ist schon längst vorüber. „Das macht nichts. Die Kirche läuft uns nicht weg. Wir gehen morgen Abend zur

Messe. Handeln ist immer wichtiger als nur beten." Mama bringt einfach nichts aus der Ruhe.

Papa kommt schon bald wieder nach Hause und verkündet, dass am nächsten Tag als erstes ein Besuch von Peters Mama und dem kleinen Brüderchen auf dem Programm steht.

An diesem Abend findet der schönste Heilige Abend statt, den die Familie je hatte. Doch für Robert sind diesmal die Geschenke gar nicht so wichtig. Er freut sich zwar über die vielen Spielsachen, kümmert sich aber lieber um seinen gleichaltrigen Gast. Dieser bekommt einen Teil der schönen Dinge ab, die unter dem Christbaum liegen. Mama muss Robert sogar in seiner Freigiebigkeit bremsen.

Am ersten Feiertag fährt die gesamte Familie – allerdings ohne Hund – ins Krankenhaus um das „Christkindchen", den kleinen Christian, und seine Mutter zu besuchen. Sie sind beide wohlauf. Peter hat allerhand zu erzählen und seine Mama freut sich, dass ihr Sohn so ein schönes Erlebnis hatte.

Schon wenige Tage später ist Peters Mama auch wieder aus dem Krankenhaus entlassen. Die beiden Jungen sind fortan die besten Freunde. Auch Peters Mama und Roberts Eltern besuchen sich oft gegenseitig.

Bei einem dieser Besuche erzählt die junge Mutter, dass sie ihren Mann verloren hatte. Seitdem lebte sie in der ständigen Angst, dass ihrem Jungen etwas passieren könnte. Da aber weder Peter noch sie sich ständig verstecken können vor der Realität, verspricht sie, am einfachen Landleben zukünftig teilzunehmen und auch Peter sein Leben leben zu lassen.

Und die Pelzkappe? Ja, die hat sich eine Eichhörnchenfamilie als Nest ausgesucht. Papa wollte seine alte Kopfbedeckung den Tierchen nicht mehr entreißen und entschied sich letztendlich doch dafür, eine neue Mütze zu kaufen.

Stille Nacht

Was ist Stille? Wie so viele Menschen unserer Zeit wusste auch Felicitas nicht wirklich um die volle Bedeutung des Wortes. Sie kannte auch nicht die verschiedenen Arten von Stille, darum dachte sie, der Begriff bedeute einfach nur die Abwesenheit von Lärm.

Am Heiligen Abend nachmittags fuhr sie hektisch von der Arbeit und den letzten Erledigungen in der Innenstadt nach Hause. Nichts und niemand erwartete sie dort. Sie hatte es dieses Jahr nicht einmal geschafft, irgendeine Art von Weihnachtsdekoration in ihr Heim zu bringen, das sie kalt und ungemütlich in seine Wände aufnahm.

Felicitas versuchte, das Beste aus ihrer Situation zu machen, heizte ein und kochte sich erst einmal ein gutes Essen, nachdem sie in ihre Lieblings-Freizeitkleidung geschlüpft war. Nach dem kleinen Festmahl fühlte sie sich schon um vieles besser. Sie entzündete Kerzen in allen verfügbaren Kerzenhaltern und setzte sich mit ihrer Kuscheldecke auf die große Couch.

Vom Fenster drangen wie an allen Tagen des Jahres viele Geräusche in den Raum. Man hörte Polizei- und Rettungssirenen, hupende Autos, eine Alarmanlage. Die übliche Geräuschkulisse fing Felicitas ein.

Dann legte sie eine CD mit Weihnachtsmelodien in den CD-Player, nippte an ihrem heißen Tee und kuschelte sich unter die Decke. Nach kurzer Zeit war sie eingeschlafen. Sie träumte einen angenehmen Traum und wachte nach einer längeren Weile erst wieder auf.

Die CD war zu Ende gelaufen und vor dem Fenster sah Felicitas dicke Schneeflocken zur Erde schweben.

Sie stand auf und sah hinaus. Der Schnee lag schon hoch. Kein Auto würde mehr durchkommen, bevor nicht der Schneepflug unterwegs war.

Sie drückte wie in Kinderzeiten die Nase an ein Fenster und sah mit großen Augen zu, wie sich die bekannte Welt ihres Alltags in eine Welt wie aus einem Traum veränderte. Das Schauspiel dauerte an und Felicitas konnte kaum genug bekommen davon. Fasziniert sah sie den großen Schneeflocken nach auf ihrer Reise vom Himmel zur Erde.

Und plötzlich bemerkte sie, dass kein Geräusch mehr sie erreichte. Das Hupen von Autos, das Geheul von Sirenen, die Rufe hastender Menschen, das Getrampel im Treppenhaus – all das fehlte mit einem Mal, als hätte sie Watte in den Ohren.

Sie genoss die Abwesenheit der üblichen Geräusche und ließ sich auf die ungewohnte Stille ein, als doch ein ganz zarter Laut ihre Ohren erreichte. Es klang wie ein leises Kratzen an der Türe.

Ohne einen Laut zu machen, ging Felicitas näher zu ihrer Eingangstüre. „Tatsächlich", dachte sie „da ist irgendwer an meiner Tür". Schon wollte sie nach einem schweren Gegenstand greifen, den sie als Waffe benützen könnte, als zu dem zarten Kratzen ein klägliches Maunzen zu hören war.

Ganz langsam drückte Felicitas die Türklinke herunter – nun doch bewaffnet – „man kann ja nie wissen, was denen so einfällt". Vor ihrer Türe saß eine magere Katze, drei noch sehr kleine junge Kätzchen neben sich, die ebenso hungrig aussahen.

Felicitas kniete sich sofort zu den Tieren und bestaunte diese ganz andächtig. Dann fing ihr Gehirn zu arbeiten an. „Du hast mich ausgesucht, damit deine Kinder überleben, nicht?" sprach sie die Katze an. „Ich habe zwar nicht viel Ahnung in der Aufzucht von Katzen, aber das soll nicht das Problem sein. Warte", und schon glitt ihr Blick über den Flur.

In einer Ecke stand ein großer Korb mit Zeitungen. Kurz entschlossen wurde der Inhalt in die Ecke gekippt. Dann sauste Felicitas durch die Wohnung und holte eine kleine Kuscheldecke. Diese breitete sie im Korb aus und setzte nach und nach die Katzenmutter mitsamt ihren Jungen hinein. „Ach ja, Hunger habt ihr ja auch ..." Felicitas suchte ein Schälchen, mixte darin Wasser mit einem Schuss Milch und setzte dies der Katzenmama vor, die sofort begierig begann, das Gefäß leer zu schlabbern. „Hm, ich habe doch noch etwas Fleisch für die Feiertage. Na, dann wird es halt kein so großes Mahl für mich." Gleich machte sich die adoptierte „Katzenmama" daran, ihr Filetstück zu verkleinern und der Katze ein paar Häppchen anzubieten.

„Na, du musst aber verhungert sein, wenn du das alles so in dich hinein schlingst! Dann ist jetzt Schluss. Ich will ja nicht, dass dir nachher ganz übel wird von den vielen guten Sachen." Schnell war alles weg und die Milchschale glänzte wie frisch gewaschen.

Einen schnellen Entschluss fassend, setzte Felicitas die Katze wieder zurück in den Korb und hängte sich diesen an den Arm. Im Vorübergehen schnappte sie ihren Wohnungsschlüssel und ging ein Stockwerk tiefer. Dort klingelte sie bei einer Familie, von der sie wusste, dass diese schon einmal Katzen besessen hatte.

Ein Mädchen öffnete die Wohnungstüre „Hallo Papa" lachte es und sah dann Felicitas ganz enttäuscht an, als es den Fehler bemerkte.

„Entschuldige bitte. Ist denn Deine Mama da? Ich brauche ihren fachkundigen Rat." Das Mädchen drehte nur den Kopf zum Inneren der Wohnung. „Mama, die Frau von oben braucht was von dir!" Sekunden später kam eine Frau mit einem Kleinkind auf dem Arm offensichtlich aus einer Küche, der köstliche Düfte entströmten.

„Ach hallo. Kommen Sie doch herein." Und schon strebte sie wieder der Küche zu. Notgedrungen folgte ihr Felicitas. „Ich will nicht stören. Aber ich kenne mich mit Katzen nicht aus und da dachte ich …" Die nette Nachbarin rührte einmal in einem Topf und drehte sich dann zu ihrer unvermuteten Besucherin um. Dann erst nahm sie den Korb und dessen Inhalt wahr, den Felicitas immer noch in Händen hielt. Die Katzenmutter hatte sich eingerollt und schlief nun friedlich. Ihre Kleinen lagen fast nicht sichtbar eng gedrängt daneben.

„Was sind die süß! Komm, Bibi, das musst du dir ansehen." Sie winkte ihre Tochter herbei, die vorher die Türe geöffnet hatte. „Ach ja, was haben wir heute wieder für Manieren.

Ich bin Gertrud und meine Tochter hier heißt Bibiane. Wir nennen sie alle Bibi. Unser Kleiner ist der Stefan. Bei uns geht es im Moment noch nicht so weihnachtlich zu. Mein Mann muss heute länger arbeiten, weil er letztes Jahr frei hatte. Aber ich hoffe, Thomas wird bald nach Hause kommen. Darum bin ich gerade am Kochen. Wo haben sie die Katzen her?"

Felicitas stellte sich ihrerseits vor und erzählte, wie sie die Katzenfamilie gefunden hatte. Oder besser gesagt: wie die Katzenmutter sie auserwählt hatte. Sofort wurde Gertrud geschäftig. „Bibi, Du weißt, wo das Katzenklo ist. Hol' es und stelle es neben die Wohnungstür. Einstreu müsste auch noch da sein. Und der Rest vom Futter. Gib alles dazu."

Zu Felicitas gewandt, meinte sie „unser Kater ist erst vor zwei Monaten an Altersschwäche gestorben. Deshalb haben wir noch alles hier. Sie werden doch nicht alle behalten wollen, oder? Ich glaube, wir hätten schon ganz gerne wieder ein neues Kätzchen. Und es wäre natürlich superklasse, wenn uns das schon früher kennen würde." Erwartungsvoll blickte sie Felicitas an.

Diese wirkte etwas überrannt. Aber nach einigen Momenten meinte sie: „Natürlich könnt Ihr eines der KIeinen haben, sobald man sie entwöhnen kann. Und euer Katzenklo bekommt ihr auch nächste Woche wieder. Wisst ihr denn noch jemanden, der gerne eine Katze hätte? Ich denke, ich werde die Mutter behalten und eines der Jungen."

„HMMMM, ja! Da ist der junge Mann über ihnen. Mir fällt jetzt sein Name nicht ein. Der hat mich schon mal gefragt, ob ich junge Katzen wüsste. Falls der noch keine hat, würde er sicher das Angebot annehmen."

Sie unterhielten sich noch ein wenig und kurze Zeit später kam Bibis Vater nach Hause. Mit großem Hurra wurde er empfangen. „Wir kriegen wieder eine Katze, Papa! Ich glaube, ich brauche gar kein anderes Weihnachtsgeschenk mehr!!!!"

Felicitas wollte sich diskret verabschieden, weil sie doch nicht am Heiligen Abend stören wollte. „Ach was!

Sie können doch den wundervollsten Abend im Jahr nicht alleine verbringen! Sie werden jetzt mit uns essen und danach ist Bescherung für die Kinder. Und dann – dann werden wir ein paar Gesellschaftsspiele spielen. Das wird ein Heidenspaß" Hinter Felicitas Rücken machte Thomas seiner Frau Zeichen. Die verstand sofort und verließ die Küche.

Ein paar Minuten später stand Gertrud wieder am Ofen und legte letzte Hand an. Sie hatte jemanden geholt. Den Nachbarn von oben, der sich auch darauf gefasst gemacht hatte, alleine Weihnachten zu verbringen. „Hallo, ich heiße Mario. Gertrud sagte mir schon, dass sie Katzen zu vergeben hätten. Ich hätte vielleicht auch gerne eine aus diesem Wurf." Bibi hielt ihm den Korb unter die Nase. „Die sehen ja nett aus! Wenn auch etwas verhungert."

Thomas ließ seine tiefe, angenehme Stimme hören. „Jetzt reicht es aber. Wir feiern heute Weihnachten miteinander. Und daher verabschieden wir uns jetzt von der förmlichen Anrede und gehen sofort alle zum du über." Damit führte er die kleine Gesellschaft ins Esszimmer.

Mario half der Gastgeberin beim Auftragen des Essens und Felicitas holte aus ihrer Wohnung ein paar Flaschen guten Weins, während Bibi aufpasste, dass den Katzen nichts passieren konnte.

Während des Essens wurde geschwatzt und gelacht. Die Erwachsenen erzählten Weihnachtserinnerungen aus ihrer Kindheit und Bibi genoss jede Minute, die sie in dieser frohen Gesellschaft war. Sogar klein Stefan hatte beste Laune; auch wenn er noch nicht allen Gesprächen folgen konnte, krähte er oft vor Vergnügen mit.

Alle Anwesenden wurden irgendwie in die folgende Bescherung mit einbezogen und hatten hinterher einen riesigen Spaß an einem alten Kinderspiel. „Jetzt fehlt nur noch ein Spaziergang im frischen Schnee", bemerkte Mario, „und Weihnachten ist heuer wirklich perfekt!" Die Kinder fingen den Gedanken begeistert auf und Bibi bettelte: „Bitte, lasst uns rausgehen!"

Die Gäste verschwanden kurz in ihren Wohnungen, während der Katzenkorb unter dem Christbaum stehen blieb. Dick eingemummt fanden sich alle wieder im Treppenhaus und mit Hallo ging es auf die Straße. Weit kamen die neuen Freunde nicht. Denn schon an der nächsten Ecke begann ein Straßenkampf, als der erste Schneeball ins Schwarze traf.

Es dauerte nicht lange, bis die ganze Straße von Lachen widerhallte. Immer mehr Anwohner entschlossen sich, auf der tief verschneiten Straße bei der Schneeballschlacht mitzumachen.

Noch immer hatte kein Schneepflug oder anderes Gefährt den Weg durch diese Straße gefunden und alles wirkte verzaubert. Sogar die etwas größeren Wohnblocks strahlten im fahlen Licht der Laternen eine gewisse Ruhe aus.

Als die neuen Freunde um Felicitas wieder nach Hause gingen, leuchteten ihre Augen und die Gesichter waren erhitzt. Alle wirkten glücklich. Die beiden Gäste des Abends mussten noch warten, bis Bibi und ihr kleiner Bruder ohne Widerworte ins Bett gegangen waren. Beide wollten noch eine Geschichte und ein Lied hören.

Die Weihnachtsgeschichte wurde von Felicitas erzählt und danach sangen alle zur Gitarre von Thomas „Stille Nacht".

Schon im Einschlafen begriffen, murmelte Bibi „Das war die schönste Stille Nacht meines Lebens". Und sie hatte ein glückliches Lächeln in ihrem Kindergesicht.

Der größte Wunsch

Benny war heuer in die Schule gekommen. Und er hatte mit Hilfe seiner Mutter dieses Mal schon ganz alleine seinen Wunschzettel geschrieben und ihn einige Tage vor Weihnachten auf die Fensterbank gelegt. Nur den letzten Wunsch hatte seine Mami nicht mehr gesehen. Aber das war auch nicht nötig. Diesen Satz hatte er sich von dem älteren Nachbarsmädchen aufschreiben lassen und so lange geübt, bis er ihn fehlerfrei schreiben konnte: „Ich wünsche mir einen neuen Papa."

Der Sechsjährige war Halbwaise. Bennys Papa war vor zwei Jahren bei einem Unfall ums Leben gekommen. Und er hatte zwar seine Mami sehr, sehr lieb, aber ihm fehlte doch der Vater. Seine Freunde wurden von ihren Vätern zu Kindergarten- oder Schulveranstaltungen begleitet, sie durften mal mit ihnen einkaufen gehen oder in den Tierpark und so weiter. Dafür war eine Mami halt kein richtiger Ersatz. Auch wenn sie sich alle Mühe gab, mit ihrem Kind möglichst viel zu erleben.

Mehr als alles andere auf der Welt wünschte sich Benny also einen Vater. Er wollte Teil einer richtigen Familie sein mit beiden Elternteilen und einem Kind. Vielleicht sogar noch einem Geschwisterchen. Hier draußen war es ja doch manchmal recht einsam.

Das Haus, in dem Benny mit seiner Mutter wohnte, lag mitten im Wald, ungefähr einen Kilometer von der nächsten Siedlung entfernt. Sein Vater hatte das Haus geerbt und sehr schön renoviert. Es hatte nicht viele Zimmer, aber eine unwahrscheinlich gemütliche Küche und ein kuscheliges Wohnzimmer mit offenem Kamin. Außerdem gehörten eine Hundehütte mit deren Bewohnerin Bella und ein kleiner Pferdestall mit 4 Boxen dazu, von denen nur zwei belegt waren. Dort standen Nella und Snowy. Mamis Stute und Bennys Pony.

Benny stand gerade im Stall und gab den Pferden Möhren und Äpfel. „Mami sagt, zur Feier des Tages bekommt Ihr heute auch lauter Leckereien. Weil, jetzt ist doch Weihnachten! Wisst ihr, ich habe mir einen neuen Papi gewünscht. Ich weiß einfach, dass mir das Christkind heute den Wunsch nicht abschlagen wird. Ihr werdet sehen, er kommt heute noch!"

Bella schnappte nach einer Scheibe trocken Brot und hüpfte damit vor Benny auf und ab. „Ja Bella, gleich spielen wir. Aber erst müssen unsere großen Freunde versorgt sein." Benny schüttete die restlichen Karotten in Snowys Futterkrippe und verschloss dann dessen Box. Minuten später tollte er mit dem Hund im frischen Schnee.

Bennys Mutter Annika stand an der Haustüre und sah ihrem Sohn und dem Hund zu. Ihr liebevoller Blick streichelte die beiden, bevor er abschweifte und einen Reiter erfasste, der in einiger Entfernung – am anderen Ende der Lichtung – vorbeiritt. Ein großer, schlanker Mann auf einem braunen Pferd. Der Mann war bekleidet mit einer knallrot leuchtenden Daunenjacke und einer rot-weißen Weihnachts-Zipfelmütze. Dazu trug er dunkle Hosen und Winterreitboots.

Da es ein wunderschön sonniger Tag war, kam ihr ein Gedanke und sie rief Benny zu sich. „Was meinst Du, Benny: sollen wir beide einen kleinen Ausritt machen? Bella darf mit und wir lassen einfach das Mittagessen ausfallen. Abends koche ich sowieso. Das wird uns reichen. Und damit Du mir nicht vom Fleisch fällst, bekommst Du auch noch ein belegtes Brot vor dem Abritt."

Der Kleine war ganz begeistert von der Idee. Es würde sein erster Weihnachtsritt sein. „Ich zieh mich gleich um. Bin in fünf Minuten fertig, Mami."

Kurze Zeit später ritten Mutter und Sohn über tief verschneite Waldwege. Bis auf eine einzelne Pferdespur und vereinzelten Spuren wilder Tiere waren die Wege noch unberührt. „Wer das wohl gewesen ist?" fragte Benny. „Ich weiß nicht, vielleicht einer der Helfer vom Christkind." Vor Annikas Augen erstand wieder das Bild des einzelnen Reiters, den die Wintersonne beschien.

Nach einer kleinen Runde stellten sie ihre Pferde wieder in den Stall und machten auf der Koppel noch eine Schneeballschlacht, bis Annika um Gnade flehte. So gingen sie ganz erledigt ins Haus. Nach einer heißen Dusche gab es Tee mit Plätzchen in der Küche. „Wohnzimmer ist tabu bis heute Abend. Schließlich darf das Christkind nicht gestört werden, beim Geschenke ablegen."

Nach etwas Maulen und einer weiteren Ausführung der Mutter, dass sie ja auch nicht wissen könne, wann genau das Christkind für Benny Zeit hätte, wurde die Erklärung dann doch akzeptiert.

So baumelte also Benny mit den Beinen auf einem dieser alten Holzstühle und Bella saß neben ihm und schaute ständig, ob ihr kleiner Freund nicht doch einmal ein paar Brösel fallen lassen würde.

Langsam wurde es draußen dunkel. Dies lag jedoch nicht nur an der fortgeschrittenen Tageszeit.

Der Himmel war wolkenverhangen und dichtes Schneegestöber setzte ein. Annika war beinahe mit dem Kochen fertig und nach dem Essen sollte die Bescherung sein.

Sie bekam glänzende Augen, wenn sie an den Gesichtsausdruck dachte, den ihr Sohn beim Anblick seiner Geschenke machen würde. Packungen von Playmobil mit Harry Potter, ein schönes (gebrauchtes) Fahrrad, eine CD mit seinen Lieblingssongs und ein paar spannende Bücher, um seinen Ehrgeiz beim Lernen zu fördern.

Es war schon stockdunkel draußen und der Schneesturm wurde von Sekunde zu Sekunde dichter. Plötzlich stand Bella auf und bellte. Der schlanke Hund stand ganz angespannt in der Küchentüre und sah immer wieder zu Annika, der Eingangstüre und zurück. Sekunden später läutete es. Annika trocknete sich die feuchten Hände ab und ging überrascht zur Türe. „Wer um diese Zeit am Heiligen Abend wohl zu uns möchte?"

Sie öffnete und stand einem Pferd und einem recht verschneiten Mann gegenüber, in dem sie den Reiter erkannte, den sie früher am Tag schon beobachtet hatte. „Verzeihen Sie die Störung, wir sind in den Schneesturm geraten und ich fürchte, nach Hause schaffen wir es vorerst nicht. Sie haben doch einen Stall – könnte ich meinen Rico bitte für diese Nacht bei Ihnen einstellen?"

Annika hatte bei seinen ersten Worten schon zu ihren Stiefeln gegriffen und sie angezogen. Sie warf sich noch ihre Jacke über. „Selbstverständlich stelle ich Ihnen eine Box für Ihr Pferd zur Verfügung. Und Sie können sich bei uns aufwärmen und sich dann vielleicht von jemandem holen lassen. Oder ich fahre Sie nach Hause." Sie ging voraus zum Stall.

Bennys Gesichtsausdruck beim Anblick des Fremden hatte sie nicht gesehen. Denn dieser meinte, in dem Mann all seine Träume erfüllt zu sehen. Das war sicher der neue Papa, den das Christkind ihm geschickt hatte. „Schau Bella, das war doch gescheit vom Christkind, ihm auch gleich ein Pferd mitzugeben. Da können wir immer alle miteinander ausreiten."

Etwas später saßen Mama, Benny und der fremde Mann, der sich als Niko vorgestellt hatte, miteinander am Tisch und aßen eine herrlich knusprige Ente mit Knödel und Blaukraut.

Niko erzählte, wie ihm das Malheur passiert war und Benny hing an seinen Lippen. „Ich war zusammen mit einigen Freunden auf einer kleinen Lichtung im Wald verabredet. Da wir lauter Singles sind, hatten wir vor, nachmittags eine kleine Weihnachtsfeier rund um eine geschmückte Tanne zu machen. Es war wunderschön. Weihnachtslieder wurden gesungen, Gedichte vorgetragen und am Baum brannten kleine Lichtlein.

Wir bemerkten zuerst gar nicht, dass Schneewolken aufzogen. Und danach war es schon fast zu spät. Ich denke, die anderen kamen gut nach Hause. Aber ich habe den längsten Heimweg. Zum Glück fiel mir der Stall bei Ihnen ein. Ich konnte mich die letzte Strecke gut am Licht ihres Baumes vor der Haustüre orientieren. Es ist furchtbar nett, dass Sie meinen Rico und mich gleich aufgenommen haben."

Annika genoss es, wieder einmal einen Mann in ihrer Küche sitzen zu sehen. Und wenn sie ehrlich zu sich war, dann war dieser Niko doch ein ganz ansehnliches Exemplar und nett noch obendrein. Langsam bemerkte sie auch die Blicke von Benny, die immer zwischen ihr und Niko hin und her wanderten. Nach dem Essen half der Gast sogar beim Abwasch. Er wurde ihr immer sympathischer.

Sie musste lächeln. Sie würde alles einfach auf sich zu kommen lassen. „Wollen Sie telefonieren? Kann Sie jemand abholen? Das Pferd können Sie natürlich hier stehen lassen, bis Sie mit dem Hänger hier durchkommen."

Niko sah ganz betreten drein. „Wissen Sie, in meiner direkten Nähe wohnt keiner meiner Freunde. Diese müssten alle einen großen Umweg auf sich nehmen. Ich wäre Ihnen sehr dankbar, wenn Sie mich nach Hause bringen könnten."

Annika ging zur Türe und sah hinaus in ihren Vorgarten. Man sah kaum fünf Meter weit und der Schnee war schon sehr hoch. „Nein. Sie bleiben einfach diese Nacht hier. Wir werden schon ein Plätzchen auf der Couch für Sie finden. Wenn Sie wollen, können Sie vor der Bescherung noch duschen. Ich habe noch ein paar Jogginghosen und Shirts von meinem verstorbenen Mann, die Ihnen passen könnten."

Ein schiefes Lächeln saß auf Nikos Gesicht. „Ich wollte Ihnen keine Umstände machen. Es tut mir so leid." Da schaltete sich Benny ein. „Das sind keine Umstände. Mami und ich freuen uns über Gesellschaft. Und jetzt duschen Sie schon. Ich will endlich meine Bescherung." Über die Vehemenz des Knaben überrascht, ließ sich Niko von Annika das Bad zeigen und sich mit Duschtuch und frischen Kleidungsstücken versorgen.

Plötzlich fing sein Herz zu hüpfen an. Er würde dieses Mal im Kreise einer Familie Weihnachten feiern. Ganz so, wie er es sich die letzten Jahre immer gewünscht hatte. Die Frau und ihr Sohnemann waren so nett und er fühlte sich in diesem Haus sehr wohl.

Das Wohnzimmer sah so einladend aus, wie kaum ein anderer Raum, den Niko je betreten hatte. Ein großer, wunderschön geschmückter Christbaum stand vor einem Fenster, im Kamin prasselte munter ein Feuer und die dunkelroten Bezüge der Sitzgruppe luden zum Kuscheln ein. Ein dichter Teppich schluckte jeden Laut. In diesem Zimmer herrschten die Farben rot und grün vor. Sogar die Wände waren farbig gestrichen.

Benny packte mit Freude seine Geschenke aus und war ganz begeistert von dem neuen Fahrrad. Dass es schon ein paar Schrammen aufwies, bemerkte er zwar, aber es störte ihn nicht weiter.

Später las Niko aus einem Buch, das er aus den Tiefen seiner Satteltaschen hervorgeholt hatte, eine schöne Weihnachtsgeschichte vor. Es wurde ein wunderschöner Abend für alle drei, an dem sie noch verschiedene Spiele spielten oder jeder der Erwachsenen etwas vorlas. Jeder fühlte sich in Gesellschaft der anderen sehr wohl.

In dieser Nacht schlief Benny mit der Gewissheit ein, heute seinen neuen Vater kennen gelernt zu haben. Er schickte ein inniges Dankgebet zum Christkind und schlief glücklich ein.

Der Sternritt

Ein Jahr war vergangen und Benny war immer noch glücklich wie am ersten Tag! Kein einziges Mal hatte er seinen Weihnachtswunsch nach einen neuen Papa vom letzten Jahr bedauert, nicht einmal in den Momenten, wenn er arg gerügt wurde, weil er wieder Blödsinn ausgeheckt hatte.

Genau am Weihnachtsabend waren Nico und sein Wallach Rico zu ihm und seiner Mutter Annika hereingeschneit. Beide waren geblieben. Und so wurde die kleine Familie wieder komplett.

Niko war ein wunderbarer Vater, obwohl er kein eigenes Kind hatte. Benny verehrte ihn und eiferte ihm nach. Sie waren oft gemeinsam mit den Pferden unterwegs. So auch heute – genau am Jahrestag von Nikos Ankunft. Allerdings war auch Annika mit von der Partie. Alles war für einen gemütlichen Heiligen Abend vorbereitet und sie hatten jede Menge Zeit, einen schönen Tag zu verleben.

Nikos Freunde machten jedes Jahr eine Art Sternritt zu einer kleinen Waldlichtung, wo ein Baum geschmückt wurde. Der befreundete Pater eines nahen Klosters hielt eine kleine Andacht mit Segnung der Reiter und Pferde. Es wurden Weihnachtslieder gesungen und für alle gab es Punsch und Plätzchen.

Kurz vor dem Abritt hatte Annika bemerkt, dass ein Winterreitstiefel von Niko etwas ungünstig am Waschbecken im Stall gestanden war. Leider hatte da etwas getropft. „Der Schuh ist pitschnass. Den kannst du auf keinen Fall anziehen!" „Na, dann werden es für heute auch mal meine alten Moon Boots tun. Die sind schön warm und auch hoch genug, um durch den Schnee zu stapfen."

So waren sie also kurze Zeit später unterwegs: Annika auf Nella, Benny auf seinem Pony Snowy, Niko auf Rico und rund um die Gruppe tanzte ihre Hündin Bella, die einen Heidenspaß an dem frischen Pulverschnee hatte und ständig ihre Schnauze darin vergrub.

Auch die Pferde hoben die Beine, wie sie es im Sommer nur selten taten. Sie liebten den Schnee und ließen auch keine Gelegenheit aus, mit dem weißen „Zeugs" zu spielen. Sie prusteten in den Pulverschnee, dass er aufstob oder wälzten sich gerne darin. Allerdings war Rico in Sachen Schnee seit seinem Erlebnis im letzten Winter vorsichtig geworden.

Es hatte viel gefroren, geregnet und dann wieder geschneit. Die Oberfläche lud zum Wälzen ein. Als er sich jedoch fallen ließ, schreckte er augenblicklich wieder hoch, weil er in einem eiskalten See gelandet war, der sich unter der Schneeschicht verborgen und sein warmes Winterfell in Sekundenschnelle durchdrungen hatte. Diese Erinnerung hielt ihn vor unüberlegten Handlungen im Schnee seitdem zurück.

Die drei Reiter galoppierten einen Hügel hinauf, als Annika und ihr Sohn von hinten ein „Uah, ist das kalt!" vernahmen. Als beide kicherten, schimpfte Niko theatralisch: „Hey, das ist unfair, dass ich immer den Schnee von den Ästen abbekomme!

Ihr sitzt beide viel tiefer und kommt wunderbar unten durch!" Benny drehte sich im Sattel zu seinem Stiefvater „Selber schuld. Hättest dir einfach ein kleineres Pferd als Rico kaufen müssen!" Niko lachte. „Warum muss dein Sohn immer so verdammt logisch sein, Annika?" Jetzt lachte auch sie laut auf.

Als sie an der besagten Lichtung ankamen, waren schon einige Reiter versammelt. Die Pferde wurden an vorbereitete Stangen gebunden und standen dort ganz entspannt ohne Sattel, dafür mit Decke über dem Rücken und einem Büschel Heu vor der Nase.

Als sie versorgt waren, hatten ihre Reiter endlich Zeit, alle Anwesenden zu begrüßen. „Hey Nico, hätte nicht gedacht, dass wir dich wieder hier sehen, als ich hörte, du hättest eine Familie geheiratet. Aber du Schlaumeier hast dir wenigstens gleich zwei Reiter mit eigenen Pferden angelacht!" Franz schlug ihm mit seiner Riesenpranke auf die Schulter und lachte schallend.

Im vergangenen Jahr waren Annika und Benny von Nicos Clique freundlich und mit viel menschlicher Wärme willkommen geheißen worden. Und so kamen auch gleich Gespräche in Gang und es wurde viel gelacht. „… so wie letzten Fasching, als Josef einer Unterhaltung entnommen hatte, dass das Motto „Suppenhen" lautete. Ich könnte mich heute noch vor Lachen krümmen, als er in seinem blauen Overall ankam, an den lauter Federn geheftet waren. Ganz verloren stand er einer ganzen Reihe von Superman gegenüber. Na ja, die blaue Farbe passte ja …"

Es waren ein paar wundervolle Stunden, die Benny im Kreise von lauter Erwachsenen verbrachte. Alle nahmen ihn ernst und unterhielten sich mit ihm wie mit allen anderen. Das machte ihn enorm stolz.

Der Pater hielt eine sehr schöne Andacht, die von einer Gitarre begleitet wurde, zu der eine der Frauen engelsgleich sang. Annika, die hinter ihrem Jungen stand, hatte ihre Hände auf seine Schultern gelegt und flüsterte ihm ins Ohr: „Ist das nicht wunderschön?" Er nickte nur und hatte einen Kloß im Hals und feuchte Augen. Es war wirklich ein herrlicher Nachmittag.

„Niko, wir müssen aufbrechen, damit wir vor der Dunkelheit noch nach Hause kommen. Außerdem sieht es da hinten schon wieder nach Schnee aus." Annika dachte an den Heiligen Abend im letzten Jahr. Die Gruppe löste sich unter vielen guten Wünschen auf und alle ritten ihrer Wege.

Kurze Zeit später kam Niko und seiner Familie ein Jeep mit zwei Jägern entgegen. Sie kamen von der Wildfütterung und hatten einen scheppernden Anhänger am Wagen.

Die Reiter wichen in den tiefen Schnee neben der Straße aus und wollten das Auto vorbei lassen. Nur hatte Niko nicht mit Ricos Temperament gerechnet. Dem gefiel nämlich das Scheppern gar nicht und er machte einen Satz.

Danach stand er wieder still neben Snowy. Und Niko stand daneben. Immer noch die Zügel in der Hand. Der Jeep starb ab und stand nach einem kleinen Ruckeln still daneben.

Man hörte dröhnendes Lachen aus dem Innern. Annika schaute auf Niko, dann besah sie sich Rico – und begann ebenfalls herzhaft zu lachen. Bennys Stimme fiel mit ein. Es sah wirklich zu lustig aus: Nikos Moon Boots hingen noch in den Steigbügeln und er selbst stand in Strümpfen im hohen Schnee!

Endlich fiel er auch in das Gelächter mit ein und streifte sich seine Schuhe über, während dessen er von

Bella einen feuchten Hundekuss bekam, bevor er wieder Ricos Rücken bestieg. Vor lauter Lachen hatte er Schwierigkeiten, sich an der Seite des Pferdes hoch zu ziehen und brauchte viel länger als sonst.

„Wer den Schaden hat, braucht für den Spott nicht zu sorgen!", meinte er grinsend. Immer wieder fing Annika auf dem Heimweg an zu kichern und auch Benny konnte seine Heiterkeit nicht verbergen. „Ich finde, das war ein superdupertoller Tag. Wenn der Rest des Tages auch so toll wird, bin ich vollkommen glücklich!"

Bennys Wunsch ging in Erfüllung. Der Heilige Abend wurde sehr gemütlich nach dem Besuch der Kindermette. Niko umarmte Annika und Benny unter dem Christbaum. „Ihr beiden seid die besten Weihnachtsgeschenke, die ich jemals bekommen habe und ich fühle mich jeden Tag glücklich über den Schneesturm, der mich im letzten Jahr zu euch gebracht hat."

In dem Moment klingelte es an der Tür. Benny schreckte auf „Ich habe mir heuer keinen neuen Papa gewünscht. Ehrlich!"

Annika lachte über die Reaktion ihres Sohnes. „Wenn tatsächlich einer draußen steht, nehmen wir ihn einfach nicht an!". Der Besuch war ein befreundetes Paar, das in dieser wundervollen und sternenklaren Winternacht einen Spaziergang gemacht hatte. Sie hatten sogar ein Geschenk für Benny dabei: ein Gesellschaftsspiel. Das schrie förmlich danach, sofort gespielt zu werden. Und so saßen die fünf noch Stunden gemeinsam um den Wohnzimmertisch neben dem Kaminofen und lachten beim Spiel.

Als Benny um 2:00 Uhr früh endlich ins Bett fiel, hatte er ein glückliches Lächeln im Gesicht. „Mama, das war ein wunderschöner Weihnachtstag!"

Weihnachten mit Hindernissen

Birgit wusste nicht, wo ihr der Kopf stand. Wie immer, war auch dieses Jahr seit Oktober wahnsinnig viel in der Firma zu erledigen. Doch diesmal war alles ungleich schlimmer als sonst. Ihr Mann war im Frühjahr ausgezogen aus der gemeinsamen Wohnung und hatte sie und Sohn Leon zurückgelassen. Also war sie nun alleinerziehend. Und dieses Wort hatte inzwischen – so kurz vor Weihnachten – eine noch ganz andere Dimension erhalten für Birgit.

Wie sollte sie das alles alleine schaffen: die ganzen Vorbereitungen, die der Junge nicht mitbekommen sollte? „Wieso sollte das ein Problem sein", fragte ihre Freundin Renate, „Leon ist schließlich 12 Jahre alt." Birgit sah Renate deprimiert an. „Ich will ihm nicht seinen kindlichen Glauben nehmen. Er hängt sich ganz fest an den Glauben, dass das Christkind wirklich existiert."

Renate schüttelte den Kopf. „Aber ja doch. Es existiert auch. Aber es ist definitiv nicht für die Geschenke oder den Baum inklusive aufputzen zuständig – oder gar für einen Adventskalender!"

Bei diesen Worten prustete Birgit und dachte an den vergangenen Abend und den frühen Morgen des heutigen Tages. Renate hatte nämlich auf ihr jüngstes Abenteuer angespielt. Wie immer hatte Leon am Vortag, also am 30. November, seinen Wunschzettel geschrieben und mit einer Tafel Schokolade auf den Balkon gelegt. Schon vor Jahren hatten Mutter und Sohn sich auf Schokolade geeinigt. Leon wollte nämlich Gummibärchen fürs Christkind bereitlegen. Aber dem hatte seine Mutter vehement widersprochen. „... weil ich Gummibärchen einfach nicht mag", wie sie Renate vor langer Zeit gebeichtet hatte.

Nach der Zettelaktion musste Birgit noch einige Dinge im Haushalt erledigen und vergaß darauf, als Leon zu Bett ging. Nach einem langen Abend schlüpfte auch sie unter ihre Daunendecke. Am Morgen jedoch schrak sie hoch, noch bevor der Wecker eine Chance hatte, zu klingeln. „Der Wunschzettel!"

Sie stürmte zu ihrem Kleiderschrank, entnahm dem obersten Fach schnell einen Adventskalender und flitzte blitzschnell durchs Wohnzimmer zum Balkon. Leise öffnete sie die Türe, stellte den Kalender in die windgeschützte Ecke und nahm Wunschzettel und Schokolade an sich.

Kaum hatte sie die Balkontüre wieder geschlossen, hörte sie schon die Zimmertüre ihres Sohnes. Die Schokoladentafel verschwand im Sturzflug hinter dem Fernseher und der Wunschzettel unter dem Gummi ihrer Schlafanzughose, bevor sie die – zum Glück – noch dastehenden Gläser vom Wohnzimmertisch ergriff und mit ausdrucksloser Miene und einem „Guten Morgen" an ihrem Sohn vorbei in Richtung Küche verschwand. Dort atmete sie erst mal aus. Das hatte sie gerade noch geschafft.

„Es ist doch schön, wenn ein Kind so lange glauben kann! Und da komme ich gleich noch zum nächsten Problem. Ich muss mich einer Operation unterziehen. Dazu muss ich zwar nicht allzu lange im Krankenhaus bleiben. Aber der Termin ist denkbar schlecht: 20. bis 23. Dezember. Kannst du mir bitte helfen? Denn, sogar wenn Leon nicht mehr an die besonderen Gaben des Christkinds glauben würde, wäre ich vermutlich gar nicht in der Lage, den Baum zu schmücken und alles vorzubereiten."

Renate sah nicht begeistert drein „Puh, da hast du mich aber jetzt erwischt! Natürlich helfe ich meiner ältesten Freundin. Was muss ich tun?" Die beiden steckten die Köpfe zusammen und entwarfen einen Schlachtplan bis ins – fast – letzte Detail."

Dieses eine fehlende Detail kam Birgit ein paar Tage später im Büro wieder in den Sinn. „Vemaledeit, wie mach ich das nun wieder?" Zufällig kam gerade ein Kollege aus der EDV durch die offene Türe und hörte ihren Ausbruch. „Kann ich helfen?" Birgit sah hoch und grinste. „Ja, vielleicht …" Sie erklärte ihm ihr Problem. Zwei Tage später war es gelöst.

Am 23. Dezember kam Birgit mittags aus dem Krankenhaus zurück nach Hause. Leon hatte ein paar Tage bei einer Oma verbracht, weil sein Vater Vollzeit berufstätig war und so kurz vor Weihnachten auch keinen Urlaub nehmen konnte. Mutter und Sohn machten sich einen netten Abend mit einem rührenden Weihnachtsfilm und aßen selbst gebackene Plätzchen. Richtig fit fühlte sich Birgit nicht, sie war noch etwas geschwächt von ihrer Operation. Doch sie dachte an ihr ganz persönliches Christkind und genoss den Abend mit ihrem Jungen.

Nach einem etwas ausgiebigeren Frühstück am 24. Dezember packte Birgit ihren Leon ins Auto und fuhr mit ihm in die Stadt. Zuerst kauften die beiden noch ein paar Lebensmittel, die sie an den Feiertagen brauchen würden. Danach ruhten sie sich in einem Café kurz aus, bevor die Nachmittagsvorstellung im Kino begann. Nochmals ein Weihnachtsfilm. Birgit seufzte und fühlte sich rundum zufrieden. Der nächste Weg führte Mutter und Sohn in die Kirche zur Kindermette. Danach fuhren die beiden nach Hause.

Es war schon dunkel und in den Fenstern der Häuser sah man Weihnachtssterne leuchten. Als die Lichter im Treppenhaus angingen, stutze Birgit und schickte ein Gebet gen Himmel. Ihr Herz pochte bis zum Hals: „Bitte mach, dass Leon die Tannennadeln nicht sieht!" Und richtig, es zog sich eine Spur von der Haustüre bis zu ihrer Wohnungstüre im ersten Stock. Doch sie hätte sich keine Sorgen machen müssen – der Junge war viel zu aufgeregt in Erwartung der Geschenke, um solche Kleinigkeiten zu bemerken. In der Wohnung fand sich auch keine einzige Nadel mehr.

Birgit fand auch gleich den Schlüssel der Wohnzimmertüre an dem Platz, den sie mit Renate besprochen hatte. Kurze Zeit später stand Leon unter der Dusche, die ihn nach der kalten Kirche wieder aufwärmen sollte und Birgit kehrte die Tannennadeln im Treppenhaus auf. Dann verschwand sie im Wohnzimmer, legte noch die Geschenke unter den Baum und steckte die Kabel der Lichterketten von Baum und Krippe in die Steckdose. Dann legte sie eine CD in den Player und hoffte, dass alles klappen würde.

Wenige Minuten später war Leon fertig im Bad und kam gestriegelt zu seiner Mutter in die Küche. Er strahlte über das ganze Gesicht und Birgit sah ihm die frohe Erwartung an. Gemeinsam saßen sie am Tisch und spielten ein paar Runden Karten – so, wie jedes Jahr.

Plötzlich hörten sie ein feines Klingeln. „Ja! Mama, das Christkind war da!", sprang Leon auf und zerrte seine Mutter von der Eckbank auf. Diese lächelte und pries ihren Kollegen, der ihr Problem wegen des üblichen

Klingeln eines Glöckchens anhand einer CD mit 20 Minuten Vorlaufzeit gelöst hatte.

Der Abend verlief sehr harmonisch. Leon bekam einige Geschenke, die auf seinem Wunschzettel gestanden waren. Die beiden spielten Spiele und Birgit las eine Weihnachtsgeschichte vor. Dann ging Leon ins Bett.

Als Birgit die Lichterketten aussteckte, erinnerte sie sich an die Tafel Schokolade, die sie vor über drei Wochen hinter den Fernseher geworfen und danach vollkommen vergessen hatte. Sie verrutschte den schweren Kasten mitsamt Gerät, um in den Spalt zwischen Kasten und Mauer greifen zu können. Ohne etwas sehen zu können, tastete sie nach der Schokolade – und hatte auch bald etwas in der Hand. „Was ist denn das?", verdutzt besah sich Birgit das Päckchen, auf dem ihr Name in einer ihr unbekannten Schrift stand. Darauf zerrte sie den Kasten vollends weg von der Mauer. Keine Schokolade!

Kopfschüttelnd zerriss sie das Geschenkpapier um das Päckchen in ihrer Hand und hielt die Luft an, als sie neben einer kleinen Schachtel ihrer Lieblingspralinen eine CD ihrer absoluten Lieblingsband erkannte. Eine CD, die schon lange nicht mehr im Handel erhältlich war und die sie auch über Ebay nie gefunden hatte. Wer konnte ihr das wohl geschenkt haben? Nachdenklich starrte sie nochmals auf die Karte mit ihrem Namen. „Herzlichst – C.", las sie. In diesem Moment überlegte sie ernsthaft, ob wohl ihr Leon doch Recht hatte mit seinem hartnäckigen Glauben ans Christkind.

Der Traum

Weihnachten. Ein Wort, das so viele Wünsche, Träume und Erwartungen in sich vereint, wie sonst kaum eines.

Weihnachten. Ein Traum, der jedes Jahr wieder geträumt wird von unzähligen Menschen auf der ganzen Erde.

Weihnachten. Der Tag des Jahres, von dem die meisten Leute zu viel erwarten und darum bitter enttäuscht sind, wenn ihre Träume weiter auf Erfüllung warten lassen.

Weihnachten. Endlich war die vorweihnachtliche Adventszeit angebrochen. Die Älteren gingen Glühwein trinken und die Jugendlichen und Kinder bekamen heißen Kinderpunsch auf den Christkindl- oder Weihnachtsmärkten überall im Land. Auf allen Stadtplätzen standen mit Tannen geschmückte Holzbuden, aus denen leckere Gerüche kamen oder man Spieluhren klingen hörte. Während der Öffnungszeiten der umliegenden Geschäfte hetzten die Kunden oft vorbei und hatten keinen oder nur einen neidischen Blick übrig für jene, die sich die Zeit nahmen, stehen zu bleiben und die dargebotenen Herrlichkeiten – und auch den Kitsch dazwischen – zu schauen. Nur, wenn die Turmbläser auf dem Rathausbalkon standen und ihre feierlichen Lieder schmetterten, hielten einige Gestalten in ihrem hektischen Lauf inne und bekamen träumerische Augen.

Fabio freute sich wie jedes Jahr, den Nikolaus mit seinen „Kramperln" und Engerln laufen zu sehen. Aber nur, wenn er selbst keine mit der Rute abbekam. Und die Plätzchenbäckerei gemeinsam mit seiner Mutter war ein weiterer Höhepunkt der Zeit. Außerdem bastelte die Familie jedes Jahr ein paar neue Dinge für den Christbaum. Und mit Papa durfte er immer am Samstag vor dem Heiligen Abend losfahren, um einen schönen Baum zu kaufen, den die Mama dann gebührend bewundern und später wunderschön schmücken würde.

Er glaubte mit seinen neun Jahren nicht mehr daran, dass das Christkind oder ein amerikanischer Weihnachtsmann die Geschenke an alle Menschen verteilte. Aber er glaubte fest daran, dass nicht nur seine Mama und sein Papa seinen Wunschzettel lasen und die Engel oder vielleicht wirklich dieser Säugling, der vor mehr als 2000 Jahren als Sohn Gottes die Welt erblickte, am Heiligen Abend und den folgenden Tagen besondere Dinge geschehen ließen. Das hatten ihm seine Eltern erzählt und es mit eigenen Erlebnissen belegt.

Und natürlich wusste er das auch aus eigener Erfahrung. Schließlich sah der Christbaum zu Hause nach den Feiertagen zwar immer noch hübsch aus, versprühte aber nicht mehr diesen überirdisch schönen Glanz, den er vorher hatte. Und überhaupt: Weihnachten war halt immer was Besonderes.

In diesem Jahr meinte es Petrus nicht so gut mit dem Jungen wie die letzten Jahre: Es lag immer noch kaum Schnee. Die Welt um ihr Haus war leicht überzuckert, aber der Schlitten musste im Keller bleiben. Na, zumindest war es ein wenig weiß draußen!

Der Heilige Abend kam und Fabio war schon ganz aufgeregt, was denn dieses Jahr für ihn unter der schön geschmückten Tanne liegen würde. Aber zuerst wollten noch die Großeltern besucht werden. Fabio wusste, dass er deren Geschenke erst abends bekommen würde, aber er freute sich immer auf die herrlichen Leckereien, die Oma extra für ihre Enkel gebacken hatte.

Nach einem längeren Spaziergang kehrte die kleine Familie nach Hause zurück. Während Fabio mit Mama in der Küche wartete – und dabei gleich für später den Tisch deckte – beleuchtete Papa schon mal Baum und Krippe fürs Christkind.

Und kurz darauf hörte Fabio einen feinen Klingelton, der ihm verriet, dass nun die Engel ihr Haus gesegnet hatten und alles bereit war für die Bescherung. Unter der strahlenden Tanne lagen zahlreiche Pakete verschiedener Größen. Sie wurden unter viel Gelächter ausgepackt und zauberten ein Leuchten in alle Augen. Alle hatten mindestens einen Wunsch erfüllt bekommen.

Fabio und seine Mutter bauten gemeinsam die neue Rennbahn auf. Abwechselnd durften dann die Eltern gegen ihren Sohn Rennen fahren. Sie hatten Mords Spaß damit.

Am späten Abend fuhren sie alle zusammen zur Mette. Da seine Eltern beide im Chor mitsangen, war auch Fabio auf der Empore. Die Musik und die Feierlichkeit beeindruckten ihn, doch langsam wurde er müde. Er bemerkte gar nicht mehr, wie Papa eine zusätzliche Jacke über seinen Sohn warf, als dieser auf ein paar zusammengestellten Stühlen eingeschlafen war.

Und während die Messe weiter zelebriert wurde, trat Fabio in das Land der Träume. Alles um ihn war weiß und er nahm wahr, dass er mitten in den Wolken stand. Er sah sich um und bemerkte einen Engel auf sich zukommen. Dieser Engel nahm den Jungen an der Hand und brachte ihn zu einem Ort, wo ein riesengroßer Christbaum aufgestellt war. Darunter lagen viele Pakete, die von kleineren Engeln ausgepackt wurden. „Hier siehst du unsere jungen Engel, wie sie ihre eigenen Geschenke auspacken." „Ich dachte immer, alle Engel würden helfen, damit die Menschen ihre Geschenke bekommen. Und wo kommen die Päckchen her, die ihr bekommt?" Der Engel lächelte. „Unsere Gaben kommen von den Menschen." Fabio blickte etwas verwirrt. „Wie kann das sein?"

Der Ältere erklärte es ihm. „Jedes Geschenk, das von einem Menschen mit Freude und Liebe an einen anderen gegeben wird, verdoppelt sich. Und dieses Duplikat erhält ein Engel. Und jedes liebe Wort, das ein Mensch einem anderen sagt, freut auch uns und wird in Form einer kleinen Überraschung von den Engeln wieder zurückgegeben."

Fabio verstand noch nicht alles, weshalb ihn sein Führer zu einem kleinen Engel mitnahm, der gerade eine Rennbahn auspackte.

„Schau mal, genau so eine hast doch du heute bekommen. Und da deine Eltern dich sehr lieben und dir damit eine Freude machen wollten, hat auch eine Bahn ihren Weg hier herauf gefunden." Jetzt war für Fabio alles klar und für die nächste Zeit half er dem kleinen Engel beim Aufbau und fuhr auch gleich ein Rennen gegen ihn.

Kurz darauf wurde Fabio von Mama aufgeweckt, um die Weihnachtsschützen nicht zu verpassen, die einen riesen Radau vor der Kirche machten mit ihren Böllern. Während sie da standen, bemerkte Fabio einen Mitschüler, der nicht weit von ihnen stand. Bisher hatte er den Jungen nie besonders beachtet. Aber nun sah er, dass dieser sehr traurig schaute und Tränen in den Augen hatte.

Dann fiel Fabio ein, dass der Junge erst vor kurzem seine Mama bei einem Verkehrsunfall verloren hatte. Er sah auf zu seiner Mama, die ihn beobachtet hatte. Sie nickte nur ernst und ließ seine Hand los.

Fabio ging etwas scheu auf den anderen Jungen zu. „Frohe Weihnachten, Roland! Hast du Lust, morgen nachmittags zu mir zu kommen? Ich habe eine Rennbahn bekommen und würde gerne zusammen mit dir Rennen fahren." Roland schien verblüfft zu sein. Auch er vergewisserte sich erst bei seinem Vater mit einem Blickwechsel und stimmte dann erfreut zu.

So hörte man am nächsten Tag viel Gelächter unter dem Baum im Haus von Fabios Familie. Rolands Vater hatte seinen Sohn gebracht und war auch eingeladen worden, zu bleiben. Nachdem die Rennbahn einiges hatte erleiden müssen, spielten alle zusammen noch ein Gesellschaftsspiel und hatten viel Freude an dem Tag.

Ein paar Tage später wurde Fabio beauftragt, den Papiermüll zu entsorgen. Er ging zu der Tonne, die gemeinsam mit einer anderen Familie genutzt wurde und leerte seinen Papierkorb hinein.

In dem Moment, als er den Deckel wieder zumachen wollte, stutzte er. Irgendetwas spielte „Jingle Bells". Der Junge genoss noch ein paar Momente die überraschende Musik und sah nochmals genau in die Tonne. Beim Anblick der Weihnachtskarte, die die Musik von sich gab, musste er schmunzeln. Sie war bedruckt mit einem kleinen Engelchen.

Der Wunschzettel

Irina Holländer saß völlig erschöpft auf dem Rücksitz des Wagens ihrer Mutter. „Mami, kannst du dich an die Julie vom Reitstall erinnern? Ich würde so gerne mal mit ihr ausreiten. Aber ihre Mutter kann nicht reiten und alleine dürfen wir nicht. Könntest du nicht mal mit uns …?" „Wo denkst du hin, Mädchen? Du hast nächstes Wochenende mehrere Dressurstunden und musst an deinem Sitz üben. Bei den nächsten Turnieren im Frühjahr willst du dich doch nicht blamieren, oder?"

Irina blinzelte eine vorwitzige Träne weg, die ihren Augen entstiegen war. Sie haderte mit ihrem jungen Schicksal und wollte nicht glauben, dass sie das wirklich erlebte. Sie starrte ins Nichts und nahm auch nichts um sich herum wahr. Ihre Mutter sprach schon seit mehreren Minuten vom bevorstehenden Konzert der Musikschüler und wechselte jetzt zum nächsten Thema. „Ich verstehe gar nicht, warum du nicht den Hauptpart bei eurem Ballettstück bekommen hast. Du musst dich mehr anstrengen, mein Mädchen. Halte dich nicht immer im Hintergrund. Du bist doch viel besser als diese hochnäsigen Gören, die in deiner Gruppe sind!"

Als wenn es nur Wörter ohne Sinn wären, plätscherten sie an Irina vorbei – außer Hörweite. Sie dachte nach. Sie war ein braves und auch hübsches Mädchen, dessen fröhliches Lachen die Herzen der Menschen um sie herum weit machen konnten. Doch dieses Lachen hörten diese Menschen immer seltener. Und sie merkten es nicht einmal.

Zu Hause angekommen, war das 8-jährige Mädchen immer noch völlig in sich gekehrt und seine Mutter redete immer noch auf es ein. Irina zog ihre Schuhe aus, stellte diese pflichtschuldigst in die Reihe der anderen und hängte ordnungsgemäß ihre Winterjacke an den Haken. Dann ging sie die Treppe hoch in den ersten Stock und schloss hinter sich ihre Zimmertüre, bevor sie sich mit leeren Augen auf das Bett warf.

Spät am Abend, als ihre Eltern schon lange selbst im Bett waren, setzte sie sich an ihren Schreibtisch, an dem sie normalerweise ihre Hausaufgaben machte und schrieb einen Wunschzettel:

Liebes Christkind,

ich wünsche mir heuer nichts von dir, was man mit Geld kaufen kann. Ich wünsche mir nur mehr Zeit für mich und vielleicht eine Freundin, mit der ich lachen kann, die mit mir Dummheiten anstellt und der ich alles erzählen kann. Ich spiele gerne Klavier, aber nicht vor Publikum. Ich mache gerne Ballett, aber nicht unter Druck und ich liebe es, auf dem Rücken meines Ponys zu sitzen, aber nicht, Dressurturniere zu bestreiten. Und vielleicht würde ich ganz gerne mal eine Stunde einfach schwänzen, nur um im Winter noch eine Weile mit Mama Schlittschuh fahren zu können oder im Sommer mit Papa im See zu plantschen.

Bitte, liebe Christkind, hilf mir. Ich verspreche dir auch, immer brav zu sein und niemandem Ärger zu machen.

Deine Irina

Sie las den Brief noch einmal durch und schlich sich dann mit ihrer Taschenlampe und dem Brief in die Küche im Erdgeschoß. legte ihn außen aufs Fensterbrett, beschwerte ihn mit einem Apfel und einer Karotte für das

Pony des Christkinds und einem frisch belegten Käsebrot. Sie war sich nämlich sicher, dass das Christkind, an das sie mit aller Gewalt noch glauben wollte, nicht so viele Süßigkeiten essen konnte, wie ihm angeboten wurden. Und Zucker war sowieso nicht gesund für Pferde, wie sie nur zu gut wusste.

Irina schickte noch ein stummes Gebet zum sternenklaren Nachhimmel und ging erleichtert zurück in ihr Zimmer.

Sie wusste nicht, dass sie beobachtet worden war. Die nette Nachbarin von gegenüber, mit der sich auch ihre Mama angefreundet hatte, hatte das Licht in Irinas Zimmer gesehen und dann auch die tanzenden Lichtpunkte durch das Fenster im Treppenhaus bis zur Küche. Als dort dann das Fenster aufging und das Mädchen etwas hinaus legte, ging der Nachbarin ein Licht auf. Sie wartete, bis der Lichtkegel wieder in den ersten Stock gewandert war und zog sich dann für einen kleinen Spaziergang an. Nach einer Runde um den Block schlich sich ein schlanker Schatten durch den Vorgarten von Irinas Elternhaus direkt zum Küchenfenster. Danach strebte dieser Schatten schnell dem gegenüberliegenden Haus zu und verschwunden waren mit ihm Wunschzettel und die Schmankerl für die himmlischen Gäste.

Kurz darauf flackerte ein Licht im Wohnzimmer der Nachbarin auf. Angela Santos war eine freundliche Frau, die sofort das Vertrauen ihrer Mitmenschen erwarb. Durch ihre ruhige und sanfte Art fand sie in Windeseile überall Freunde. Und so mancher, der ihr begegnete, dachte später, von den Schwingen eines Engels berührt worden zu sein. Ja, so wie sie könnte man sich einen unter Menschen lebenden Schutzengel vorstellen.

Angela aß das Käsebrot mit Genuss und las den Brief. Ihre Augen füllten sich mit Tränen des Mitgefühls für das liebe Mädchen ihrer Bekannten. Leann, die Mutter des Mädchens, sagte immer, Irina wäre pflegeleicht. Ja, vielleicht war das wirklich so, überlegte sie. Vielleicht einfach zu pflegeleicht. Sie müsste sich etwas einfallen lassen zum Wohle des Kindes.

Am nächsten Morgen war Irinas erster Weg zum Küchenfenster. Noch im Schlafanzug lugte sie hinaus, bevor sie ihrem Vater, der bereits bei seiner zweiten Tasse Tee saß, ihre Ärmchen um den Hals schlang und einen Guten-Morgen-Kuss auf seine Wange platzierte.

„Na, meine Süße, was steht heute auf deinem Terminkalender?" „Schule natürlich." „Selbstverständlich. Und danach?" „Dressurtraining und danach dann Ballett. Wir haben Sonderprobe für die Aufführung am Samstag." Er küsste seine Tochter, nahm seine Jacke vom Haken und zog die Haustüre hinter sich zu, nachdem er ihr noch eine Kusshand hingeworfen hatte.

Angela legte sich an diesem Tag ihren Plan zurecht. Sie sprach mit ein paar sehr lieben Menschen, die sie im Laufe ihrer Wanderschaft – sie war nie lange an einem Ort – kennengelernt hatte und weihte diese in ihr Vorhaben ein.

Einen Tag später wartete sie, bis Irina das Haus in Richtung Bushaltestelle verlassen hatte und rief dann die Mutter des Mädchens an. „Hallo Leann, ich bin's, deine Nachbarin Angela. Ich habe für morgen Abend ein paar Freunde zu mir eingeladen und würde dich und deinen Mann auch gerne in unserer Runde dabeihaben. Ich hoffe, ihr habt Zeit und Lust. Wegen Irina brauchst du dir keine Sorgen zu machen. Ihr seid ja nur gegenüber."

Leann war überrascht, aber auch erfreut über die Einladung. „Ja, natürlich kommen wir gerne. Ich weiß nur nicht, ob Peter lange bleiben wird. Soll ich irgendwas mitbringen?" Die beiden Frauen sprachen noch ein paar Minuten und legten dann beide wieder auf.

Es ging nun schon auf den ersten Advent zu und Angela hatte in den letzten Tagen fleißig Plätzchen gebacken. Allerdings hatte sie für ihre Abendeinladung auch ein paar deftige Sachen vorbereitet. Ihr großer Esstisch war ausgezogen, so dass zwölf Leute dort Platz fanden. Er war adventlich dekoriert und bog sich vor Delikatessen. Überall im Raum fanden sich Kerzen, die für eine magische Atmosphäre sorgten. Nach und nach kamen ihre sorgfältig ausgesuchten Besucher. Die jüngste der neun Besucher war gerade 23 Jahre alt geworden. Alle lasen sie den Wunschzettel Irinas und nickten dann verständnisvoll. Der Wunschzettel verschwand in einer Schublade des Sekretärs, bevor Leann und Peter als letzte Gäste die Runde vervollständigten.

Alle wurden einander vorgestellt und fingen gleich zu reden an. Leann war fasziniert, wie warm sie und ihr Mann von diesen Menschen aufgenommen wurden und genoss die lockere Gesprächsatmosphäre.

Irgendwann kam das Thema Kindheit auf den Tisch. Ein etwas älterer Herr erzählte von den Streichen, die er mit seinen Freunden vor langer Zeit ausgeheckt hatte. Die Dame neben ihm kicherte und wusste einige lustige Anekdoten zu berichten. Nacheinander hatten fast alle Anwesenden über die schöne Kindheit, die allzu schnell vergangen war, etwas zu sagen. Über Ausflüge mit Freunden, Schlamm- und Schneeballschlachten in der Nachbarschaft, Rangeleien und gemeinsame

Kindergeburtstage. „Unsere Eltern wussten in den seltensten Fällen, wo wir genau zu finden waren. Wir waren immer irgendwo auf der Straße. Ich musste immer um 17.00 Uhr zu Hause sein, wenn Vater von der Arbeit kam. Ansonsten war ich nach den Hausaufgaben frei, das zu machen, was mir gefiel. Na, zumindest an den meisten Tagen. Einmal hatte ich auch Turnstunde. Und zum Musikunterricht musste ich auch einmal die Woche. Aber das machte auch irgendwo Spaß und wurde nicht überbewertet." So erzählte ein Mann, der in Peters Alter war.

Und so ging es fort: „Ja, so ungefähr lief es bei uns auch. Ich staune immer noch über das grenzenlose Vertrauen, das unsere Eltern in uns und unsere Zuverlässigkeit hatten." Die etwa 40-jährige Frau hatte einen besonderen Glanz in den Augen. „Und wir waren auch wirklich bemüht, sie nicht zu enttäuschen. Aber wir genossen auch diese irre Freiheit, die ich kaum einmal in meinem Erwachsenen-Leben wieder erfahren habe."

„Als ich dann im Teenageralter war, besuchte ich nach und nach alle möglichen Kurse, um herauszufinden, wo meine Begabungen und auch meine Interessen lagen. Durch einen dieser Kurse habe ich die Malerei kennengelernt. Er hat die Weichen zu meinem Künstlerleben gesetzt. Mir macht meine Arbeit immer noch unheimlich Spaß."

„Ich bin jetzt 58 Jahre alt und habe immer noch einen Freund aus meinen Grundschultagen. Wir haben damals sehr viel Zeit miteinander verbracht. Jetzt treffen wir uns meist nur ein- bis zweimal jährlich, aber es ist immer wieder, als wenn wir genau da wieder anknüpfen würden, wo wir das letzte Mal aufgehört hatten. Diese Erfahrung hatte ich mit späteren Freunden nie so intensiv."

Irgendwann bemerkte Peter den sehnsüchtigen Ausdruck in den Augen der 23-jährigen Viola. „Bitte, ich würde auch gerne etwas über ihre Kindheit wissen", sprach er die junge Frau an. Sie blickte zuerst ihm in die Augen, dann Leann und begann zu erzählen. „Ich bin ein Einzelkind, die große Hoffnung der Familie. Und ich beneide Sie alle um die schöne Kindheit, die sie genießen konnten. Meine Mutter projizierte ihre ganzen Wünsche und Träume ihres Lebens in mich. Ich musste Akkordeon lernen, weil sie es nie durfte. Ihre Eltern hatten nicht genügend Geld, ihr das Instrument zu kaufen. Ich wurde getrimmt auf Tennis und war auch recht erfolgreich. Dafür fing ich aber auch schon in ganz jungen Jahren mit dem Sport an und war an den Wochenenden auf unzähligen Turnieren, wenn meine Mitschüler Partys feierten oder sich einfach nur in der Stadt trafen.

Nicht, dass ich keine Musik gemocht hätte oder Tennis doof fand. Ich hätte so gerne Trompete gelernt und wäre liebend gerne einfach nur mit Freunden in die Tennishalle gegangen oder hätte mal andere Sportarten ausprobiert. Aber ich fand nicht den Mut, mich gegen meine Eltern zu stellen. Ich war halt einfach das brave Mädchen, das alles machte, was von ihm verlangt wurde. Ich war in einem Gymnasium und quälte mich durch eine Klasse nach der anderen.

Und irgendwann hatte ich dann genug. Ich machte den Realschulabschluss, suchte mir eine Lehrstelle als Erzieherin und bin von zu Hause ausgezogen. Seitdem habe ich nie wieder mein Akkordeon angesehen. Meine Tennisausrüstung habe ich verkauft. Ich bin gut in meinem Beruf und habe jetzt die Freiheit, zu tun, was ich will. Aber meine Kindheit ist unwiederbringlich vorüber und ich habe nicht einmal Freunde aus der Zeit vorzuweisen."

Leann und Peter sahen Viola bestürzt an. „Das ist eine sehr traurige Geschichte. Wenn ich darüber nachdenke, hatte ich eine sehr schöne Kindheit mit vielen Freiheiten, obwohl es natürlich auch bei mir Pflichten und Verbote gab." Peter stimmte seiner Frau zu. „Ja, das kann ich nur bestätigen."

Angela lenkte das Gespräch in eine andere Richtung, um die vorher so harmonische Atmosphäre wieder herzustellen. Sie wusste, dass das Thema tief gegriffen hatte bei ihren Nachbarn. Bald darauf verabschiedeten sich die ersten Gäste. Viola, Leann und Peter halfen Angela beim Verräumen des Geschirrs. Dabei drückte das Paar Viola nochmals sein Bedauern über ihre verlorene Kindheit aus. Bedrückt verließen sie das Nachbarhaus und gingen über die Straße. Schweigend verrichteten sie die letzten Handgriffe des Abends und gingen dann ins Schlafzimmer. Plötzlich begann Leann zu schluchzen. Peter nahm seine Frau in die Arme. Auch ihm standen Tränen in den Augen. „Ich glaube, wir müssen mit Irina sprechen. Als ich sie letztens fragte, was auf dem Terminkalender stünde, rasselte sie alles ohne jegliche Begeisterung herunter und hatte dabei einen Ausdruck in den Augen wie ein waidwundes Tier. Wir sollten ihr mehr Zeit für Freundschaften geben, ihr selbst mehr liebevolle Eltern als Sklaventreiber sein." Leanns gebrochene Stimme kam sehr zögernd. „Ich denke, sie hasst es genauso, vor Publikum zu spielen, wie ich in meiner Kindheit." Ein Schluchzer folgte. „Und sie hat mich schon länger gefragt, ob ich denn nicht mal mit ihr ausreite wollte. Ich habe immer gesagt, sie solle sich gefälligst auf ihre Übungsstunden in Dressur konzentrieren. – O, wie war ich grausam zu ihr. Sie ist doch noch ein Kind!" Das Ehepaar war noch lange Zeit wach in dieser Nacht.

Am nächsten Morgen wunderte sich Irina, wie intensiv sie von ihren Eltern gemustert wurde. „Irina, was hältst du davon, wenn wir morgen einen gemeinsamen Winterausritt machen?" Die Augen des Mädchens blitzten auf vor Freude. „Wir können auch deine Freundin Julie mitnehmen, wenn ihre Mutter es erlaubt." Irina sprang auf und fiel ihrer Mutter um den Hals. „Das habe ich mir schon so lange gewünscht, Mama!"

Als Irina gerade ihre Schultasche nahm und die Küche verlassen wollte, wurde sie von ihrem Vater aufgehalten. „Halt, Schatz. Da ist noch was, was ich vergessen hatte, dir zu sagen. Die Ballettschule hat uns letztens angeschrieben, dass sie eine Planänderung vornehmen will und daher eine Zwischenbilanz zieht. Wenn du lieber Zeit für dich haben willst, ist das in Ordnung und wir melden dich ab." Schon hatte Peter eine glückliche Tochter am Hals hängen.

„Und wir drei machen am Wochenende einen schönen Ausflug zur Weihnachtsfeier der Musikschule mit Nikolaus und allem, was dazu gehört. Wie findest du das?"

„Oberspitzenmäßig! Wisst ihr was? Ich glaube, das Christkind gibt es doch!"

Christmette

Die neunjährige Lena lag in der Nacht zum ersten Weihnachtsfeiertag im Bett und ließ den Heiligen Abend nochmals Revue passieren. Es war der schönste Heilige Abend ihres bisherigen Lebens gewesen. Nicht wegen der Geschenke. Die waren unbestritten schön, aber noch schöner war, was sie erlebt hatte.

Lenas Vater war auf dem Hof in den Bergen aufgewachsen, den ihr Onkel Toni immer noch bewirtschaftete. Da ihr Vater der jüngere Sohn des Bauern war, hatte er beruflich gleich eine andere Schiene eingeschlagen und war dann etwa 250 km von seiner Heimat entfernt hängen geblieben, im Flachland, wo seine Tochter Lena aufwuchs.

Es gab über die Jahre schlechte Stimmung zwischen den Brüdern, weshalb sich die Familien nur von Beerdigungen im Verwandtenkreis kannten. Aber dieses Jahr war besonders. Die Brüder hatten ihren albernen Streit, wie es Mama nannte, beigelegt und die beiden Familien waren sich im Sommer schon bei Lenas Eltern näher gekommen. Sie mochten sich alle und darum waren Lena und ihre Eltern eingeladen worden, die Festtage auf dem Hof zu verbringen. Onkel und Tante waren voll in Ordnung und außerdem mochte das Mädchen ihren achtjährigen Cousin Franz, den alle nur Franzl nannten, sehr gern. Mit ihm erlebte sie Abenteuer. Sogar bei ihnen daheim im Vorgarten. Mit ihm war es spannend, weil sie beide so unterschiedlich aufgewachsen waren.

Am Morgen des 24. Dezembers war Lena mit ihren Eltern also auf dem Weg zur Verwandtschaft in den

Bergen. Es gab ein üppiges Frühstück und dann wurde ein Spaziergang im frischen Schnee unternommen. Viel hatte es nicht geschneit, aber dennoch bekam durch die weiße Decke die Landschaft ein weihnachtliches Aussehen, wie Lena es aus Filmen kannte. Danach gab es für alle Kinderpunsch mit Plätzchen in der gemütlichen Wohnküche.

Lena beschäftigte eine Frage. „Tante Monika, wann ist denn bei euch die Kindermette?" Diese sah sie freundlich an. „In die gehen wir heute nicht. Da ihr beide schon so groß seid, gehen wir dieses Jahr mit euch in die Mitternachtsmette. Das hat sich dein Vater von uns zu Weihnachten gewünscht. Aber das setzt voraus, dass ihr fit seid. Deshalb werdet ihr jetzt ganz schnell in euren Betten verschwinden. Wir wecken euch, wenn das Abendessen fertig ist. Ich versichere euch, dass ihr nichts verpasst, außer Erwachsenen-Gespräche. Und müde Kinder nehmen wir nicht mit in die Kirche."

Franzls Gesicht begann zu leuchten und er flüsterte seiner Cousine zu. „Lena, da wollte ich immer schon mit. Da MÜSSEN wir jetzt brav sein. Verpatz es ja nicht!" So schnell und ohne zu murren waren die beiden noch nie ins Bett gewandert. Ein paar Stunden später wurden Lena und Franzl sanft wieder aufgeweckt. Beide waren erfrischt und munter und konnten ihr mitternächtliches Abenteuer kaum erwarten.

Inzwischen war es draußen dunkel geworden. Die Erwachsenen hatten sich bereits alle „in Schale", das heißt in die Festtagstracht, geworfen.

Alle setzten sich an den schön gedeckten Tisch und Tante Monika trug leckere Speisen auf, die unter viel Lob für die Köchin verspeist wurden.

Die nächsten Stunden wurden im Wohnzimmer um den wunderschön geschmückten Christbaum verbracht. „Einen Weihnachtsabend kann man nur mit Musik gebührend feiern. Holt eure Instrumente." Lenas Vater strahlte vor Vorfreude. Er hatte sein Akkordeon schon hinter der Couch bereit. Onkel Toni holte seine Gitarre, Lenas Mutter ihr Hackbrett, Lena ihre Trompete und Franzl seine Flöte. Tante Monika sang zu den Weihnachtsweisen wie ein Engel. So jedenfalls würde es Lena später ihren Freunden erzählen. Es machte Spaß und darüber wurden sogar beinahe die Geschenke vergessen, die noch darauf warteten, ausgepackt zu werden.

„So, meine Lieben, ich muss jetzt los", meinte Tante Monika kurz nach 23.00 Uhr. Und schon war sie verschwunden. Irritiert sah Lena ihren Cousin an. „Was war das jetzt?" Franzl zuckte die Schultern. „Wirst schon sehen, Mama treffen wir in der Kirche wieder."

Bald zogen sich auch die anderen alle die Mäntel und dicken Schuhe an. „Habt ihr es alle schön warm? Mützen und Handschuhe mitnehmen! Ich will von keinem hören, dass er friert." An der Türe gab Onkel Toni jedem eine kleine Laterne mit einem Teelicht, das schon brannte. Sobald sie den Hof verlassen hatten, fühlte sich Lena wie im Traum.

Sie, die Lena aus der farblosen Kleinstadt, stapfte hier in den Bergen am Heiligen Abend mit einer Laterne durch den Schnee. Vor Freude juchzte sie laut. Ihre Eltern machten es ihr nach. Beide sahen genauso glücklich aus, wie Lena sich fühlte. Immer wieder begegneten ihnen Menschen mit Laternen oder Taschenlampen, die anscheinend dasselbe Ziel hatten, wie ihre kleine Gruppe. Von allen Seiten scholl ihnen „Frohe Weihnachten" entgegen.

Als sie am Fuße einer Treppe ankamen, meinte Onkel Toni „So, jetzt wird's anstrengend. Wir haben viele Stufen vor uns. Geht einfach langsam und stetig. Wir haben genug Zeit. Und Vorsicht: es ist rutschig."

Lena ging neben ihrer Mutter. „Mama, weißt du, wohin es geht?" Diese lächelte ihre Tochter an. „Ich weiß nur, dass wir zur Kirche gehen. Aber ich kenne mich hier nicht besser aus, als du, mein Schatz. Denk an die Geschichten, die dein Vater aus seiner Kindheit und Jugend erzählt hat. Ich glaube, das will er uns jetzt auch erleben lassen."

Und richtig, Lena erinnerte sich daran, dass ihr Vater von etwa 360 Stufen hoch zur Kirche gesprochen hatte und was für ein Glücksgefühl es für ihn immer war, zur Mitternachtsmette mitgehen zu dürfen, in der seine Großmutter früher die Orgel spielte.

Der Aufstieg war tatsächlich anstrengend, aber oben angekommen, strahlten alle. Sie gingen in die kleine Kirche, in der sich schon einige Gläubige eingefunden hatten. Etwa in der Mitte fanden sie noch Platz. „Wo ist Tante Monika?", fragend sah sich Lena um und entdeckte ihre Tante auf der Empore. Diese winkte und sah richtig fröhlich aus.

Die Kirche war nicht groß, aber es passte schon eine ordentliche Anzahl an Menschen hinein. Chor und Altarraum waren elektrisch beleuchtet. Im Rest des Kirchenraumes brannten nur Kerzen. Das gab dem ganzen eine heimelige und festliche Atmosphäre.

Bald begann die Messe und Lenas Tante sang das Eingangslied, begleitet von der Orgel. Lena musste schlucken, so schön war es. Sie sah zu ihrem Vater und bemerkte, dass dieser auch Tränen in den Augen hatte, obwohl er sie glücklich anlächelte. Beim Volksgesang trällerten alle kräftig mit. Die Predigt war kurz, knackig und gehaltvoll, wie Mama es so sehr schätzte.

Kurz vor dem Ende wurden die echten Wachskerzen am Christbaum neben dem Altar angezündet und bald sangen alle „Stille Nacht, Heilige Nacht".

Die Christmette war viel zu schnell vorbei. Als die meisten Kirchgänger schon die Kirche verlassen hatten, warteten die beiden Familien noch auf die Sängerin. Lena umarmte ihre Tante. „Du hast wunderschön gesungen. Wie ein Engel!" Tante Monika küsste ihre Nichte auf die Wange. „Das freut mich. Ich wollte schon immer ein Engel sein."

Draußen standen sie erst einmal wie verzaubert. Denn es schneite. „Wunderschön", meinte Lenas Mutter, „das erinnert mich an die Geschichte von Peter Rossegger mit der Weihnachtsfreude."

Lena wusste zwar nicht, worauf ihre Mutter anspielte, aber sie wusste, dass sie gerade einen Weihnachtstraum und die erwähnte Weihnachtsfreude erlebte. Und sie wusste außerdem, dass ihr Vater sehr glücklich war, denn er hatte mit Tränen in den Augen seinen Bruder umarmt. „Du weißt, was mir diese Nacht hier bedeutet. Ich danke dir, dass du es mir ermöglicht hast, das wieder zu erleben – mit euch allen."

Lena sah auf die beiden Männer, die inzwischen fröhlich lachten, die Frauen, die beide so schön aussahen im Licht der Laternen und ihren Cousin Franzl, dem sie nun einen Arm um die Schultern legte. „Das ist das allerschönste Weihnachten!" Alle blickten mit strahlenden Augen auf Lena und nickten, bevor sie sich im Licht ihrer Laternen an den Abstieg machten und diese heilige Nacht ausklingen ließen.

Mae, das Sternenschaf

Vor vielen hundert Jahren erblickte ein kleines Schaf gegen Ende des Jahres das Licht der Welt. Seine Mutter war sehr stolz auf ihr hübsches Lämmchen. Es war schwarz und an seiner Brust sah man ganz deutlich einen weißen Flecken, der an einen Davidstern erinnerte. Der Schäfer, der schon weit herum gekommen war, nannte das zierliche Mädchen zärtlich Mae, was im Chinesischen „Schönheit" bedeutet. Die anderen Schafe sprachen den Namen jedoch wie „Mäh" aus, wahrscheinlich, weil sie auch nicht viel anderes konnten, als Blöken.

Die ersten zwei Wochen war Mae ganz glücklich mit ihrer Mutter. Das Leben bestand im Großen und Ganzen aus Milch und Schlaf. Dazwischen wurde mit den anderen Lämmern gespielt. Doch Mae wurde immer wieder ausgegrenzt. Sie war das einzige schwarze Schaf in der Herde von weißen Schafen und hatte es nicht leicht, sich durchzusetzen.

Zu allem Überfluss bekam Mae vor Aufregung immer einen Schluckauf. Immer, wenn sie Verstecken spielten, wurde sie sofort gefunden, weil man schon weit ihr „hicks, hicks" hörte. Also durfte sie bei diesem Spiel nicht mehr mitmachen. Eigentlich war sie recht beliebt in der Herde. Doch kein Schaf ließ es sich anmerken, dass es Mae gerne zur Freundin haben wollte, aus Furcht, vielleicht selbst ein Außenseiter zu werden.

So kam es, dass Mae zwar bei manchen Spielen nicht dabei war, aber immer mal zu den besten Grasflecken geschoben wurde. Der Schäfer Benjamin liebte seine Schäfchen alle, aber Mae war ihm besonders ans Herz gewachsen. Ihre Mutter hielt sich oft in seiner Nähe auf, weil er seine Tiere gerne hinter den Ohren kraulte, was das Mutterschaf liebte. Er erzählte auch immer wieder hübsche Geschichten bei Einbruch der Nacht oder sang wehmütige Lieder. Einige ältere Schafe der Herde hatten auch schon andere Schäfer kennengelernt und hielten ihre Freunde dazu an, nett zu Benjamin zu sein, denn „er ist der netteste Schäfer mit den sanftesten Händen in der ganzen Gegend und wir wollen ihn nicht verlieren."

Benjamins Hund war auch eine gute Seele und hatte ein Abkommen mit den Schafen. Wenn er Lust hatte zu spielen, jagte er mit viel Wirbel hinter einigen jungen Schafen her, die so taten, als wollten sie die Herde verlassen. War er müde und erschöpft von seinem Wachdienst, legte er sich nachts auch mal mitten unter die Herde und schlief, während ein paar Widder und ältere Mamas aufpassten, dass keine Feinde sich näherten und die Lämmer nicht zu übermütig wurden. So hatten sie alle ein recht angenehmes Leben.

Sie hatten in den Tagen seit Maes Geburt eine schöne Strecke zurückgelegt. Denn die Hirten mussten sich in der Stadt melden. So waren es inzwischen mehrere Herden, die friedlich nebeneinander grasten. Die Hirten sangen gemeinsam Lieder und saßen abends ums Feuer. Immer wieder lachten sie, wenn während einer Geschichte oder eines Liedes ein aufgeregtes, schwarzes Lämmchen „hicks, hicks" um sie herum streunte und Bocksprünge machte. „Verkauf es, das macht dir nur Ärger, schwarz wie es ist.", „Das gäbe doch sicher in ein paar Wochen einen guten Braten." Oder ähnliche Bemerkungen musste sich Mae anhören. Doch Benjamin hielt zu ihr. „Das ist mein liebstes Lämmchen und ich werde es nicht hergeben. Mae wird sicher mal ein wundervolles Mutterschaf. Sie bleibt!" Dafür kuschelte sich Mae eng an ihn und leckte ihm die Hände.

Wieder brach eine Nacht herein. Mae hatte einen unruhigen Schlaf und wachte mitten in der Dunkelheit auf. Überrascht sah sie, auf dem Rücken liegend, den Sternenhimmel an. Man hätte meinen können, dass sie nur ein Bein ausstrecken müsste, um einen der glänzenden Sterne für sich zu holen. Verträumt fixierte das Lämmchen seinen Blick auf einen Stern, der es an das Pferd des Großbauern erinnerte, dem die Herde gehörte. Der Hengst hatte einen wunderschön gepflegten Schweif, den er eitel aufgestellt hatte, als er das letzte Mal die Herde umrundete.

Plötzlich kam es Mae so vor, als ob sich dieser Schweif am Stern verselbständigen würde. Nein, das war nicht der Schweif. Da kam etwas anderes, glänzendes vom Himmel herab geflogen. In ihrer Aufregung über die Entdeckung begann Maes Schluckauf. Ganz wild entfuhr ihr ein „hicks" nach dem anderen. Das machte den Hund aufmerksam, der die Umgebung auf der Erde ganz aufmerksam beobachtete. Mae gestikulierte ganz wild gen Himmel, also sah er auch auf. Ein helles Ding bewegte sich schnell auf das Feuer der anderen Hirten zu, das sie auf dem nächsten Hügel sahen. Nebeneinander standen der große Hirtenhund und das kleine Schaf mit dem Stern auf der Brust da und starrten hinüber. Sie hörten nichts, konnten aber eine schemenhafte Lichtgestalt ausmachen, die sehr der Gestalt der Menschen ähnelte und direkt bei den Hirten Halt machte.

Gleich darauf verfielen die Hirten in geschäftige Betriebsamkeit und die leuchtende Gestalt bewegte sich auf ihre Weide zu. Wie angewurzelt blieben Hund und Schaf stehen. Direkt vor ihnen stoppte die Lichtgestalt mit dem leuchtenden Sternengewand und den großen Schwingen. „Auch ihr sollt nach Betlehem gehen und dem Kind huldigen, das heute geboren wurde. Der Stern wird euch führen." Mit diesen Worten beugte die Gestalt sich zu Mae und berührte den Stern auf der Brust des Schäfchens. Mae wurde ganz warm und der Stern begann zu glänzen. Dann entfernte sich die Gestalt wieder.

Durch das aufgeregte und nicht enden wollende „hicks, hicks" von Mae war Benjamin wach geworden. Mit offenem Mund starrte er auf die Erscheinung und hörte die Worte des himmlischen Wesens. Und dann bemerkte er, dass das Lager der anderen Hirten schon verwaist war. Als Mae auf ihn zukam, sah Benjamin, dass der Glanz ihres Sternes wieder verlosch. Doch als sie sich nochmals neben ihm umdrehte, begann das Leuchten erneut. Benjamin glaubte nun zu wissen, wie seine Herde auch ohne die Führung den kürzesten Weg finden würde.

Der Hund weckte alle Schafe und hicksend erklärte Mae, was passiert war und dass sie noch eine gute Strecke zu gehen hätten. So setzte sich die ganze Herde lange vor Sonnenaufgang in Bewegung. Mae ging stolz erhobenen Kopfes mit ihrer Mutter voran. Wie das Licht einer Laterne durchdrang das Leuchten ihres Sterns die Nacht und leuchtete ihnen den Weg.

Als sie ungefähr eine Stunde gegangen waren, trafen sie auf eine große Schafherde mit mehreren Hirten. Diese diskutierten aufgeregt, welchen Weg sie einschlagen sollten, um möglichst schnell nach Betlehem zu kommen. Benjamin mischte sich in das Streitgespräch ein. „Wir müssen nur Maes Stern folgen. Der führt uns hin." Keiner hatte eine bessere Idee, so folgten sie also alle Mae.

Gerade begann die Dämmerung, als ein Stall in ihr Sichtfeld kam und der Stern auf Maes Brust immer heller schien.

Ein alter Hirte mit nur wenigen Schafen wachte vor dem Stall. Er hieß die Neuankömmlinge willkommen und beugte sich dann mit wissender Mine zu Mae. „Ich sehe, du hast sie alle gut geführt. Du bist ein gesegnetes Schäfchen." Und damit kraulte er sie hinter den Ohren. Auch die anderen Hirten sprachen nur noch mit Achtung in der Stimme über das schwarze Lämmchen, das sie in Rekordzeit schnurstracks nach Betlehem geführt hatte und ließen Benjamin mit ihm den Vortritt in den Stall.

So schlüpfte also der Schäfer mit Mae in den Armen durch die Stalltüre und ging zu dem Kind in der Krippe, das nach der Verkündigung der Lichtgestalt der Messias sein sollte. Er grüßte die sehr junge Mutter und den viel älteren Vater ehrerbietig und blickte dann auf das schlafende Kind. Es schien eine ganz besondere Atmosphäre in diesem Stall zu herrschen, in dem auch ein Ochse und ein Esel untergebracht waren.

Natürlich war Mae aufgeregt und konnte den Schluckauf wieder einmal nicht unterdrücken. Dadurch wurde auch das Baby wach. Doch anstatt zu schreien, fokussierte es den Blick auf den leuchtenden Stern des Schafes und deutete ein Lächeln an.

Die Mutter kam näher und streichelte Maes Kopf. „Du bist das hübscheste Schaf, das ich jemals gesehen habe", sagte sie und Mae stockte der Atem bei diesem Kompliment von einer schönen Frau wie dieser. Der Schluckauf war fortan wie weggeblasen.

Benjamin wollte nicht stören und so beschenkte er die Eltern des Kindes mit einem schönen Schaffell, auf das sie ihr Kind gleich betteten und verließ mit Mae bald wieder den Stall. Seine Herde zog daraufhin rasch wieder weiter, weil ein guter Hirte auf reichliches Weideland achtet und der Platz um den Stall ziemlich begrenzt war.

Maes Schluckauf blieb verschwunden und sie wurde zu einem voll akzeptierten, teils sogar verehrten, Mitglied der Herde, das viele Nachkommen hatte. Zeit ihres Lebens und auch noch Generationen danach, hatten die Schafe reichlich Gesprächsstoff über die Nacht, in der Maes Stern ihnen wie eine Fackel den Weg zu einem besonderen Kind leuchtete, über das noch 2000 Jahre später gesprochen wurde.

Namensverzeichnis

Alex	kurz für Alexandra = die Schützende, die Männer abwehrende
Angela Santos	Heiliger Engel
Angelus	der Engel
Annika	die Begnadete (hebr.)
Babette	die Fremde
Bella	schön
Benjamin	Sohn des Glücks
Benny	Kurzform von Benjamin
Bibiane	von lebendig, lebhaft
Birgit	die Erhabene, Erleuchtete
Dorit	kurz für Dorothea = Gottesgeschenk
Fabio	von Fabius = aus dem Geschlecht der Fabier
Felicitas	Glück, Seligkeit, Fruchtbarkeit
Flock	von Flocke (Schneeflocke)
Franz	kühn, frei
Gertrud	die Gewaltige, Mächtige
Irina	die Friedliche
Leann	die Unbeugsame
Leon	der Löwenstarke
Leonie	die Starke, die Kämpferin
Lisa	die Gottgeheiligte (u. a.)
Mae	Mutter (portugiesisch), Schönheit (chinesisch)
Mario	der einsame Kämpfer, Mann vom Meer
Martin	der Kriegerische, Sohn des Krieges
Max	von Maximus = der Größte

Melli	von Melanie = Die Nachdenkliche (u. a.)
Monika	die Mahnerin (lat.) oder die Einzigartige (griech.)
Nele	kurz für Cornelia = die Starke
Nella	Licht Gottes
Niklas	der Sieger
Niko	von Nikolaus = Sieger des Volkes
Peter	der Fels
Renate	die Wiedergeborene
Rico	von Richard = rihi = reich, mächtig und harti = hart, stark (althochdt.)
Robert	von glänzendem Ruhm, der Strahlende
Roland	stark und kühn
Salome	die Friedliche, Liebende
Simba	Löwe (suaheli)
Snowy	schneeweiß
Stefan	der Gekrönte
Thomas	Zwilling
Tibir Greine	Sonnenquell
Toni	der vorn Stehende
Ute	die Besitzende, die Reiche
Viola	die Verletzte

Quellen:

http://www.baby-vornamen.de
http://www.vorname.com
https://de.wikipedia.org
http://www.beliebte-vornamen.de

Mit dem Mut einer Löwin
Der lange Weg nach Hause

Roman, 272 Seiten
© 2007 Daniela Brotsack
ISBN: 978-3-8370-0308-6
Herstellung: Books on Demand GmbH, Norderstedt
Als Taschenbuch und E-Book erhältlich

Die 27-jährige Laura, von Bürojob und Freizeitaktivitäten gestresst, sehnt sich nach Ruhe und Erholung. Im Urlaub startet Laura mit ihrem Pferd Arwakr zu einem Ausritt in ihr geliebtes Altmühltal. An einem idyllischen Fleckchen gönnen sich Laura und Arwakr eine Rast. Plötzlich treten Kaufleute aus einem längst vergangenen Jahrhundert in Erscheinung und ziehen an ihnen vorbei. Wenig später begegnet Laura einem geheimnisvollen Ritter, der sie auf sein Gut führt. Die impulsive und unkonventionelle Laura nimmt all ihren Mut zusammen. Wird sie sich dem Abenteuer stellen? Wird sie sich in der neuen Umgebung und dem ungewohnten Alltag zurechtfinden? Eine packende Reise in die schillernde Welt der Feudalherren im Altmühltal – auf über 250 Seiten knisternde Spannung.

Wege durch das Tal der Träume
Erzählungen um Bräuche und Traditionen in Ober- und Niederbayern

Eine Geschichte, 168 Seiten
© 2014 Daniela Brotsack
ISBN: 978-3-7386-0578-5
Herstellung: Books on Demand GmbH, Norderstedt
Als Taschenbuch und E-Book erhältlich

Lucienne ist 12 Jahre und ein ganz normaler Teenager – bis Ruth in ihr Leben tritt. Das tut diese auf eine besondere Art und Weise. Die neue Freundin nimmt Lucienne mit ins Tal der Träume, wo sie mit Bräuchen und Traditionen ihrer Heimat vertraut gemacht wird. Plötzlich ist das bisher langweilige Thema für Lucienne höchst interessant und sieerwartet ungeduldig den nächsten Ausflug mit Ruth.

Die Autorin erzählt über unterschiedliche Bräuche und Traditionen im Jahreskreis – vorwiegend aus Nieder- und Oberbayern – anhand eigener Erfahrungen sowie Überlieferungen verschiedener Quellen.

Ein Buch, das als unterhaltsame Hinführung zum Thema Bräuche und Traditionen gerade für junge Leser ideal ist.